BOOK COVER PHOTOGRAPH [illegible] BY [illegible]

EDITED BY [illegible]

FIRST EDITION [illegible]

ISBN [illegible]

TXIV TOOJ TES TUB NTAUS NTSES THIAB NKAUJ NOS

BOOK COVER PHOTOGRAPHER BY BIHAIBO
EDITOR: NTXHAIS TSAAB
FIRST EDITION MARCH 2026
ISBN 978-1-972415-01-6
EBOOK: ISBN 978-1-972415-03-0
PAAJNTAUB03@GMAIL.COM

GRAPHIC DESIGN BY SIVA MCATEER DESIGN GROUP LLC
WWW.SIVAMCATEER.COM

PUBLISHED BY HMONG BOOK PUBLISHING
WWW.HMONGBOOKPUBLISHING.COM

Thov ua tsaug rau kuv niam thiab kuv txiv vim muaj neb pab kuv, kuv thiaj li sau tas phau ntawv ntawm nov. Neb cov kwv txhiaj nyob tas ib txhia rau huv phau ntawv ntawm nov lawm nawb. Thov muab phau ntawv ntawm nov ua neb tug vim neb yog tus txhawb kuv lub zog thiab pab kuv los tau ntau lub xyoo. Thov ua tsaug rau neb txoj kev hlub os niam thiab txiv.

Txiv Tooj Tes Tub Ntaus Ntses Thiab Nkauj Nos

Hmoob Dawb

Tus sau: Paaj Ntaub Thoj

Tshooj 1

Yawm zaj laus dub tus poj niam tabtom yuav los so es nim nqhis-nqhis ntiaj teb tib neeg tus uas tsis tau yug los
Yawm zaj laus tsa qhov ntswg mus hnia tau tib neeg tus ntxhiab saum nruab ntug ces nws ua kiag luam dej tawm tuaj mus ncig zov

Yawm zaj laus cov nplai txaij zees txhuas, nws tus poj niam tabtom yuav yug me-nyuam es nim nqhis-nqhis ntiaj teb tib neeg tus uas tsis tau rua muag
Yawm zaj laus tsa qhov ntswg mus hnia tau tib neeg tus ntxhiab sau nruab qhuab ces nws ua kiag luam dej tawm tuaj mus ncig xyuas

Yawm zaj laus ya tawm hauv lub pas dej mus tsaws ntua saum lub qhov tsua uas hlav xyoob ntoo thiab nroj tsuag npog
Yawm zaj laus tig rov mus tshuab dej khawv koob ua rau lub pas dej puv zog kom muaj tib neeg tuaj txog los txhob pom nws tus poj niam lub chaw so ces nws mam li ntaug lees cev nkag mus ncig saib hauv nws lub qhov tsua kub uas tib neeg tuaj tsis txog

Yawm zaj laus ya tawm hauv lub pas dej mus tsaws ntua

saum lub qhov tsua uas nyob nraim ntawm tib neeg qhov muag
Yawm zaj laus tig rov mus tshuab dej khawv koob ua rau nplaim dej ntas nto zoo le yog cua tshuab kom muaj tib neeg tuaj los txhob pom nws tus poj niam pw hauv qab cov pob zeb uas muaj ntxhuab ces nws mam ntaug lees cev nkag mus ncig saib hauv nws lub qhov tsua uas yog nyaj thiab kub puab

Ob niam txiv Vam Huas tabtom yuav nrog luag muaj tub muaj ki es txawm xa xov zoo mus saib niam tais thiab yawm txiv ces neej-tsa nim phij cuam ntaub qhwv me-nyuam rau nkawd coj mus siv
Noj tshais tas ces nkawd nim tham pem taug kev rov qab mus tsev luag lis ntxhi es twb los mus lawm ib chim los ua cas nkawd tseem rov los tshwm ntawm lub pas dej me ib zaug ntxiv

Ob niam txiv Vam Huas tabtom yuav nrog luag muaj tub muaj ntxhais es txawm xa xov zoo mus saib yawm txiv thiab niam tais ces neej-tsa nim phij cuam ntaub qhwv me-nyuam rau nkawd coj mus ob peb daim
Noj tshais tas ces nkawd nim tham pem taug kev rov qab mus tsev tias zaum no ces nkawd yuav muaj me-nyuam nrog luag khaiv

Twb los mus tau ib tav su lawm laiv los nkawd tseem rov los tshwm ntawm lub pas dej uas muaj pob zeb thaiv

Vam Huas ob niam txiv nqis lub hav yuav mus haus dej na ua cas nplooj xyoob nplooj ntoos yuav ntub qas ntsuav ib ncig
Nov nplooj qhuav tawg nkig nkuav sab tiv ces nkawd tig hlo mus saib sau cov nroj tsuag nti
Nkawd pom dheev yawm zaj laus ntaug lees cev nrov si nkag mus rau hauv lub qhov tsua ces nkawd tig hlo dhia tsiv
Pog zaj lub taub hau tshwm plaws sau nplaim dej ci ces nws twb rhuav tas yawm zaj laus cov yees siv
Pog zaj nov ib tug me-nyuam hauv plab tig ces Niam Vam Huas tus me-nyuam twb qee tau pog zaj ib tug me-nyuam tus ntsuj plig

Vam Huas ob niam txiv nqis lub hav yuav mus haus dej thiab noj su kuam txhob tshaib na ua cas cov av yuav noo zaws ib puag ncig lub pas dej me aiv
Pom ob tug me noog ya plaws tuaj sib faib ces Vaam Huas nkawd tig hlo mus saib sab tiv saum tus ceg ntoo qaij
Pom dheev yawm zaj laus lub cev ntaug lees txaij ces nkawd tig hlo khiav mus tsiv nraim
Pog zaj lub taub hau tshwm plaws saum nplaim dej ci saib

ces nws twb muab yawm zaj laus cov yees siv ntsaig
Pog zaj nov ib tus me-nyuam tig pw ua ntsais ces Niam Vam Huas tus me-nyuam twb qee tau pog zaj ib tug me-nyuam ntxaib

Nov pog zaj hu nws lub npe ces yawm zaj laus mam li tawm tuaj pom Vam Huas nkawd sib tw dhia, ib tug ua qab ib tug ua ntej
Pog zaj twb nchuav cev ua ntshav tsuas tag lub pas dej liab ploog mus ti nkaus tim ntug pob zeb ces yawm zaj laus ya nkag plaws mus ntxuaj tw ntaus dej nrov npaum xob nthe es nim ntxuaj ntses nuj ntses nag ya tawm mus w cuag li poob saum ntuj los rau hauv txoj kev

Nov pog zaj hu kuam nws mus pab ces yawm zaj laus mam li tawm tuaj pom Vam Huas nkawd twb khiav rov qab mus rau saum txoj kev av
Pog zaj twb nchuav ntshav mus tsuas liab ploog tas nrho lub pas zaj ces yawm zaj laus ya nkag plaws mus ntxuaj tw ntaus dej nrov npaum xob ncha es nim ntxuaj ntses nuj ntses nag ya tawm mus w cuag li poob saum ntuj los rau hauv txoj kab

Niam Vam Huas txawm cia li nqhis-nqhis ntses es nyo mus khaws tau peb tug tuav ntawm tes ces yawm zaj laus

foom kiag tias, “Noj kuv cov ntses mus poob cev kom neb txhob tau puag neb tus me-nyuam ntev”
Yawm xob tua tib teg ib sab ntawm qhov chaw yawm zaj laus nres ua rau av qawj tawg pleb los yawm zaj laus tseem chim tshaj qhov yuav ntshai yawm xob rab xob taus tooj ntse

Niam Vam Huas txawm cia li nqhis-nqhis cov ntses daj es nyo mus khaws tau peb tug nqa ces yawm zaj laus foom kiag tias, “Noj kuv cov ntses mus poob plab kuam neb txhob tau puag neb tus me-nyuam ib yam”
Yawm xob tua tib teg ntawm yawm zaj laus ib sab ua rau av qawj tawg pleb mus ob peb daj los yawm zaj laus tseem chim tshaj qhov yuav ntshai yawm xob rab xob taus tooj uas ntse ob tog qab

Yawm zaj laus saib nraug zaj daj tus ntsuj plig twb mus nrog Hmoob tus me-nyuam koom ib lub cev
Vam Huas cab kiag Niam Vam Huas txhais tes khiav mus deb-deb ua rau yawm zaj laus mob siab heev es xav nphau hlo teb los yawm xob sawv sau ntuj tav nws kev
Yawm zaj laus chim los nws kuj hlub nraug zaj daj ua luaj li thiab ces nws ntaus kiag lub cim zaj rau ntawm ib lub kaum ceg es xa daim ntaub kub ci hob mus pov hauv txoj kev rau Vam Huas khaws coj mus pov fwm tus me-nyuam lub neej kuam txhob txom nyem

Yawm zaj laus saib nraug zaj daj tus ntsuj plig twb mus nrog Hmoob tus me-nyuam koom roj ntsha
Vam Huas cia li tuav Niam Vam Huas txhais tes cab mus lawm tsis pom nkawd qab ua rau yawm zaj laus mob siab tshaj
Yawm zaj laus xav ua toj roob hauv pes nphau kom tas los yawm xob sawv saum ntuj ntsia ntsoov nws tsis kam
Yawm zaj laus cia li ntaus kiag ntawm ib lub kaum ceg kom pom ib tug zaj es xa daim ntaub kub ci hob mus pov hauv txoj kab rau Vam Huas khaws coj mus pov fwm tus me-nyuam lub neej kom muaj noj muaj hnav

Tshooj 2

Vam Huas tus ntxhais yug los tsis tau muaj ib hlis, nag txawm siv los tsis tu thiab cua hliv ua rau qoob loo hlav tsis taus ces cov neeg zej zos cia li khiav mus tag lawm ob peb yim

Niam Vam Huas tseem tsis tau muaj zog ev nra tsiv ces Vaam Huas nkawd mam li lawv qab mus raws cov kwv tij tom qab Niam Vam Huas puv hli

Vam Huas tus ntxhais yug los tsis tau muaj pes tsawg hnub, cua txawm siv hliv thiab nag los tsis tu ua rau qoob loo hlav tsis taus yub ces cov neeg zej zos cia li khiav mus tag lawm zuj zus

Niam Vam Huas nyiam qhuav los so es tseem tsis tau muaj zog ces nkawd mam li lawv qab mus raws cov kwv tij lwm hnub

Cov kwv tij ua ntej mus pom lub pas dej ci es txawm xa xov mus qhia rau Vam Huas paub tias dej nag tabtom nyab ua rau lub pas dej dav tshaj thaum i

Cov kwv tij ua ntej mus pom lub pas dej nro ntsuab xiav lus es txawm xa xov mus qhia rau Vam Huas paub tias dej nag tabtom nyab ua rau lub pas dej tob tshaj thaum ub

Thaum Niam Vam Huas puv hli, cov neeg zej zos twb tseg vaj tse nyob qha nrig es tsuas tshuav Num Yeeb thiab Num Yeeb cov kwv tij
Num Yeeb thiab Niam Num Yeeb txawm sawb sim es nrog Vam Huas ob niam txiv ua ntej mus txog tom yawm zaj laus lub pas dej ci
Vam Huas tus txiv nees cia li hee ces dhia thaub qab mus ua zoj ua zis ua rau Niam Vam Huas tus me ntxhais ev ntawm xub ntiag cia li tsim

Thaum Niam Vam Huas muaj zog, cov neeg zej zos twb tseg vaj tse nyob ntsiag to es tsuas tshuav Num Yeeb thiab Num Yeeb cov kwv tij tseem npaj tsiaj txhu yuav coj
Num Yeeb ob niam txiv tsis yug ib tug tsiaj hlo ces nkawd txawm nrog Vam Huas ob niam txiv ua ntej mus txog tom yawm zaj luas lub pas dej nro uas tob
Vam Huas tus txiv nees cia li hee ces dhia thaub qab mus tas zog ua rau Niam Vam Huas tus ntxhais ev ntawm xub ntiag cia li tsim los

Vam Huas thiab Num Yeeb ob khub niam txiv saib cov nplooj xyoob nplooj ntoos ntab tom plawv dej cia li ncig ceev zuj zus cuag li dabtsi muab cov dej kiv
Niam Vam Huas ntsiab nkaus tus txiv nees cab ntawm txoj

hlua khi es nrog Num Yeeb ob niam txiv sib tw dhia tsiv hos Vam Huas tseem khiav mus ntsiab nws tus txiv nyuj uas dim

Yawm zaj laus tawm tuaj tsis ntsib nraug zaj daj tus plig ces nws ua luam dej mus tsoo ua rau qhov av Vam Huas tabtom sawv pob ib puag ncig ua rau Vam Huas thiab Vam Huas tus txiv nyuj poob mus rau hauv lub pas dej ua tib txhij

Vam Huas thiab Num Yeeb ob khub niam txiv saib cov nplooj xyoob nplooj ntoos ntab tom plawv dej cia li mag nqus mus rau hauv hav dej cuag li dej ntaus yig ceev zuj-zus

Niam Vam Huas thiab Num Yeeb nkawd cia li khiav mus tas hos Vam Huas tseem dhia mus cab nws tus txiv nyuj

Yawm zaj laus tawm tuaj tsis ntsib nraug zaj daj tus ntsuj ces nws cia li ua luam dej mus tsoo ua rau qhov av Vam Huas tsuj tu es nqus kiag Vam Huas thiab Vam Huas tus txiv nyuj poob ua ke mus rau hauv lub pas dej ntsuab xiav lus

Niam Vam Huas txo loo nws lub hnab uas muaj nyiaj npib es dhia rov qab mus quaj hu ces tus me-nyuam cia li quaj cuag dabtsi

Niam Num Yeeb txawm dhia mus hais rau Niam Vam Huas

tias, “Ntshai tsam tus me-nyuam ho poob plig ces cia Num Yeeb wb coj tus me-nyuam ua ntej mus nyob tos neb pem lub roob uas muaj zib”
Yawm zaj laus pom tus me-nyuam ib muag ti-ti ua ntej Niam Num Yeeb coj tus me-nyuam tsiv ces yawm zaj laus mam tso Vam Huas thiab Vam Huas tus txiv nyuj ua luam dej mus rau nram qhov uas dej tus me ntsis

Niam Vam Huas txo loo nws lub kawm uas muaj tais diav ob peb lub es khiav rov qab mus quaj hu ces tus me-nyuam cia li quaj nrov zuj zus
Niam Num Yeeb txawm hais rau Niam Vam Huas tias, “Ntshai tsam tus me-nyuam ho poob plig ces cia Num Yeeb wb coj tus me-nyuam ua ntej mus nyob tos neb pem lub roob uas muaj muv”
Tus me-nyuam qheb qhov muag saib ntsoov yawm zaj laus ob lub qhov muag dub ua ntej Niam Num Yeeb yuav puag coj tus me-nyuam mus ces yawm zaj laus mam tso Vam Huas thiab Vam Huas tus txiv nyuj ua luam dej mus rau tim ntug

Niam Vam Huas pab nqus tau Vam Huas tawm es lawv qab mus txog pem lub roob uas muaj zib tseem tsis tau lig Num Yeeb nkawd twb nyiag coj tus me-nyuam thiab Niam Vam Huas lub hnab uas muaj nyaj npib khiav mus tag

lawm tib si
Vam Huas nkawd khiav lawv qab mus nrhiav ib chim es quaj hu thov poj koob yawm txwv los caum tsis cuag Num Yeeb ob niam txiv
Vam Huas nkawd chim-chim es mus raws tau cov kwv tij los tsis muaj siab mus ua dabtsi
Cov kwv tij neej-tsa tuaj ua ib pluas mov khi tes tas los nkawd lub siab nyob tsis txhij es nim ua neej nyob tsaus ntuj nti

Niam Vam Huas pab nqus tau Vam Huas tawm los es lawv qab mus txog pem lub roob uas muaj muv tseem ntxov ntxov
Num Yeeb ob niam txiv twb nyiag coj tus ntxhais thiab cov tais diav ob peb lub nyob hauv Niam Vam Huas lub kawm tsiv mus tas lawm tsis pom
Vam Huas ob niam txiv khiav mus nrhiav ib tav su es quaj hu thov ntuj los caum tsis cuag Num Yeeb nkawd hlo
Vam Huas thiab nws tus poj niam lub siab ntxhov es mus raws tau cov kwv tij los tsis muaj siab mus tu qoob tu loo kom loj hlob
Cov kwv tij neej-tsa tuaj ua ib pluas mov khi tes tas los nkawd lub siab tsis sov
Nim ua neej nyob tsaus tsaus ntuj es muab tus ntxhais ua hnub ua hmo nco tsis ploj

Tshooj 3

Txij li hnub Num Yeeb ob niam txiv sib yuav, Niam Num Yeeb xeeb tub tau los plab me-nyuam nchuav ua rau nkawd ntshaw ntshaw me-nyuam

Nkawd coj Vam Huas tus ntxhais mus nyob ob peb xyoos xyaw suav ces nkawd txawm mus hais qhia rau nkawd cov kwv tij paub tias tus me-nyuam nrog nkawd nyob yog nkawd tshwm nyiaj mus yuav

Txij li hnub Num Yeeb ob niam txiv sib sau, Niam Num Yeeb xeeb tub tau los ho me-nyuam txhua zaus ua rau nkawd ntshaw nrog luag tej muaj me-nyuam ntau

Nkawd coj Vam Huas tus ntxhais mus nyob ob peb xyoos xyaw mab daum ces nkawd txawm mus hais qhia rau nkawd cov kwv tij paub tias tus me-nyuam nrog nkawd nyob yog nkawd tshwm nyiaj mus ntaus

Txij li thaum nkawd coj Vam Huas tus ntxhais mus nrog nkawd nyob, Niam Num Yeeb txawm muab tus ntxhais tis npe hu ua Nkauj Nos tabsis nws tsis qhia rau Nkauj Nos paub tias nws tsis yog tus yug Nkauj Nos

Tom qab ntawd, Niam Num Yeeb muaj me-nyuam los tus me-nyuam tsis pob es nim yug tau ob tug tub thiab ib tug ntxhais uas puav leej muaj txoj sia nyob

Txij li thaum nkawd coj Vam Huas tus ntxhais mus ua nkawd tug, Niam Num Yeeb yeej tsis qhia rau Nkauj Nos paub tias Nkauj Nos yog tus ntxhais nws nyiag coj los tu Tom qab ntawd los mus ces Niam Num Yeeb xeeb tub los tus me-nyuam loj hlob es nim yug tau ib tug ntxhais thiab ob tug tub uas puav leej muaj txoj sia nyob txhua tus

Num Yeeb coj nws tsev neeg mus nrog nws cov kwv tij nyob tom Hmoob zos los Vam Huas ib co kwv tij kuj nyob tov
Vam Huas cov kwv tij twb paub tas hais tias nkawd nyiag Vam Huas tus ntxhais thaum tus me-nyuam tseem mos mos ces Num Yeeb ntshai heev tsam Vam Huas cov kwv tij ho tuaj pom Nkauj Nos
Nws cia li coj nws pab niam tub khiav mus rau pem toj siab uas tsis muaj Hmoob coob nyob

Num Yeeb coj nws tsev neeg mus nrog nws cov kwv tij nyob tom Hmoob zos tau ob hnub los kuj muaj Vam Huas cov neej-tsa ob peb tug
Vam Huas cov neej-tsa twb paub tas tias Num Yeeb nkawd nyiag coj Vam Huas tus ntxhais mus ua nkawd tug
Num Yeeb ntshai heev tsam Vam Huas cov neej-tsa ho tuaj nug txog Vam Huas tus ntxhais hlob thaum ub ces

nws cia li coj nws pab niam tub khiav mus nyob pem toj siab uas tib neeg tsis tshua mus

Leej twg tuaj pom los xav yuav Nkauj Nos daim ntaub kub ci hob ces Niam Num Yeeb txawm muab daim ntaub txiav ua tej kaj coj mus muag noj tabsis cov yuav tau coj mus khaws cia tsis ntev xwb ces daim ntaub cia li nphob Tshuav ib kaj ntaub ci hob npaum cas los tsis muaj leej twg kam yuav es nws thiaj li tseem nyob

Leej twg tuaj pom los xav yuav Nkauj Nos daim ntaub kub Niam Num Yeeb txawm muab daim ntaub txiav ua tej kaj coj mus muag los yug nws tsev neeg thaum cov menyuam tseem yau-yau ob peb tug tabsis cov yuav tau coj mus khaws cia tsis ntev xwb ces daim ntaub kub cia li qub Tshuav ib kaj ntaub kub tsis muaj leej twg kam yuav es nws thiaj li tseem nyob sab saum npog Niam Num Yeeb cov nyiaj npib thiab nyiaj hob hauv lub hub

Tshooj 4

Ntuj tsis tau pom kev, Nkauj Nos twb sawv ntawm npoo lev mus yawm tau ib diav ntsev es muab qhwv rau hauv daim nplooj ntse ces Niam Num Yeeb txawm sawv mus cem tias ua cas Nkauj Nos nim yuav hu-hu loj ne es nim yuav ntim tsheej pob ntsev coj mus noj kom puv Nkauj Nos ib leeg lub cev

Ntuj tsis tau kaj, Nkauj Nos twb sawv ntawm npoo txaj mus yawm tau ob peb taus txhuv tso rau hauv ib lub hnab ces Niam Num Yeeb txawm sawv mus cem tias ua cas Nkauj Nos nim yuav hu-hu dab es nim ntim txhuv tsheej hnab coj mus noj kuam puv Nkauj Nos ib leeg lub plab

Nkauj Nos xav los tu siab es txawm muab pob ntsev tso tseg ces nws mus khaws nkaus lub kawm ev thiab rab txuas nqa tawm tib tug nqhis-nqhis taug kev nqis lub roob tuaj mus rau nram lawd daim teb nplej

Nkauj Nos xav los chim siab es txawm muab lub hnab txhuv cia tas ces nws mus khaws nkaus lub kawm ev thiab rab txuas nqa tawm tib tug tshaib-tshaib plab taug kev nqis lub roob tuaj mus rau nram lawd daim teb fab

Nqa ntau thiab tsawg los leej niam yeej ib txwm muab Nkauj Nos cem
Tus nus hais los yuav nrog leej niam sib ceg ces tus nus cia li sawv twj ywm mus muab Nkauj Nos pob ntsev tso rau hauv nws lub hnab es nqa mus rau lawd sawv daws noj nram teb

Muaj ntau thiab tsawg los leej niam yeej ib txwm cem kom Nkauj Nos txhob nqa
Tus niam hluas hais los yuav nrog leej niam sib cav ces tus niam hluas cia li sawv twj ywm mus muab Nkauj Nos lub hnab ntim txhuv tso rau hauv nws lub kawm ev mus ua rau lawd sawv daws noj ib tsam

Txiv tooj tes tub ntaus ntses xav tias nws twb sawv ntxov-ntxov tuaj ua ntej Hmoob
Ua cas tseem muaj ib tug ntxhais Hmoob sawv ntxov tshaj nws es twb tuaj hla dej mus ntxuav muag sab tiv ntawm ntug dej tshoob
Txiv tooj tes tub ntaus ntses cia li khiav mus nyob nkaum tom qab cov hauv paus xyoob es saib ntsoov leej twg tus ntxhais ib muag kom zoo zoo

Txiv tooj tes tub ntaus ntses xav tias nws twb sawv ntxov-ntxov tuaj ua Hmoob ntej

Ua cas tseem muaj ib tug ntxhais Hmoob sawv ntxov tshaj nws es twb hla dej mus ntxuav muag sab tiv ntawm ntug pob zeb
Txiv tooj tes tub ntaus ntses cia li mus tsiv nraim tom qab cov hauv paus xyoob ntev es saib ntsoov leej twg tus ntxhais ua cas yuav zoo nkauj ua luaj li nev

Nkauj Nos tsa taub hau saib dej nim sua cov nplooj xyoob nplooj ntoos zeeg sab tiv nrog dej ntws mus loo ua rau Nkauj Nos xav nrog dej ntws nto poob los tseem tshuav nws pab nug muag tos-tos nws rov mus nyob lawd lub tsev pem hav zoov

Nkauj Nos tsa taub hau saib dej nim sua cov nplooj xyoob nplooj ntoos sab tiv nrog dej ntws mus lawm ua ib ke ua rau Nkauj Nos xav nrog hlo dej ntws mus seb nws lub siab puas yuav nqig los tshuav nws pab nug muag tseem tos-tos nws rov mus tsev

Nkauj Nos zaum khooj ywb ua rau nws daim tiab qab qwj nthuav ces nws txawm cev tes mus cug dej los ntxuav muag es ua zoo zam kom nws cev khaub ncaws txhob ntub dej qas ntsuav

Nkauj Nos zaum khooj ywb saum lub pob zeb ua rau nws

tus taw tiab yuav chwv saum npoo dej ces nws txawm cev tes mus cug dej los ntxuav muag es ua zoo zam kuam dej txhob ntub nws daim sev

Nkauj Nos muab txoj phuam ntsuab khi saum nws lub pob thooj daws ua rau nws cov plaub hau poob ntxhee yees sua nyob txij duav
Nkauj Nos siv ntiv tes ntsis nws cov plaub hau tsuag-tsuag ces nws muab txoj phuam pav nws cov plaub hau ua ib lub pob thooj dua
Nkauj Nos so kua muag ces txiv tooj tes tub ntaus ntses txawm tawm tom qab cov hauv paus xyoob tuaj tias, "Leej muam"

Nkauj Nos muab txoj phuam ntsuab uas muaj paj liab khi saum nws lub pob thooj daws ua rau nws cov plaub hau poob ntxhee yees sua nyob txij nws lub duav tiab
Nkauj Nos siv ntiv tes ntsis nws cov plaub hau mus rau ntawm xub ntiag ces nws muab txoj phuam pav nws cov plaub hau kiag-kiag ua ib lub pob thooj tshiab
Nkauj Nos so nws lub kua muag iab ces txiv tooj tes tub ntaus ntses txawm tawm tom qab cov hauv paus xyoob tuaj tias, "Leej muam, muaj dabtsi ua rau koj tu siab"

Nkauj Nos tig hlo mus saib txiv tooj tes tub ntaus ntses ib

muag
Txiv tooj tes tub ntaus ntses yog ib tug neeg siab ntshuas thiab hais lus kheev luag los Nkauj Nos cim tsis tau nws lub ntsej muag
Nkauj Nos cia li sawv tsees mus khaws lub kawm thiab rab txuas es khiav mus tsam nws ho yog tib neeg phem li Nkauj Nos niam thiab txiv ib txwm ntuas

Nkauj Nos tig hlo mus saib txiv tooj tes tub ntaus ntses ib zaug ntxiv thiab
Txiv tooj tes tub ntaus ntses yog ib tug neeg cev yiag txias, caj ntswg siab, thiab zoo nraug ntxiag los Nkauj Nos tsis ntseeg nws siab
Nkauj Nos cia li sawv tsees mus khaws lub kawm thiab rab txuas nqa khiav mus tsam nws ho yog tib neeg phem li Nkauj Nos niam thiab txiv ib txwm qhuab qhia

Txiv tooj tes tub ntaus ntses mus nrog leej niam leej txiv ua teb ib hnub los nthua tsis tsheej teb du es tham txog xyov yog leej twg tus ntxhais ib tav su
Nws txiv txawm hais txhawb nws lub zog tias, "tsis paub tus tswv teb nyob sab dej tim ub tabsis yuav tsum yog ib tug kwv tij nyob hauv peb lub zos xwb mas tub"
Yav yuav tsaus ntuj, txiv tooj tes tub ntaus ntses txawm ua ntej mus nyob tom kev tog los tsis pom Nkauj Nos tsev

neeg los ces nws mam ua ib siab mus tsev los nws pw tsis tuaj ib tug dab ntub

Txiv tooj tes tub ntaus ntses mus nrog leej niam leej txiv ua teb ib hnub nkaus es tham txog ib tug hluas nkauj uas nws tsis paub ces nws niam txawm hais txaus nws lub siab kawg nkaus tias, "Yog koj nyiam nws npaum li ko diam ces mus tham kuam neb sib paub es koj txiv wb mam mus pab hais rau koj kom tau"
Ntuj pib tsaus ces txiv tooj tes tub ntaus ntses ua ntej mus nyob tom kev xauj los ntshe Nkauj Nos tsev neeg twb los dhau ces nws mam ua ib siab mus tsev los mus pw tsis tsaug

Tshooj 5

Txiv tooj tes tub ntaus ntses niaj tag kis sawv ntxov npaum cas mus nyob tom kev tos los tsis ntsib

Nws mus txog nram tus kwj deg na Nkauj Nos twb sawv tim lawd daim teb nplej nrog Nkauj Nos niam thiab txiv

Tsuav tau pom Nkauj Nos ib ntsis ces txiv tooj tes tub ntaus ntses twb zoo siab rov mus nrog nws niam thiab nws txiv ua teb ib chim

Txiv tooj tes tub ntaus ntses leej txiv txawm hais rau nws tias, "Kuv tau tham nrog ib tug kwv tij mas nws hais tias tus ntxhais nag hmo koj ntsib lub tsev nyob sab dej sab tiv"

Txiv tooj tes tub ntaus ntses niaj tag kis sawv ntxov npaum cas mus nyob tom kev tos los tsis pom Nkauj Nos tuaj

Nws mus txog nram hav xyoob txhawv ntsuag na Nkauj Nos twb sawv tim lawd daim teb nplej nrog Nkauj Nos tus niam hluas

Tsuav tau pom Nkauj Nos ib muag ces txiv tooj tes tub ntaus ntses twb zoo siab rov qab mus nrog nws niam thiab nws txiv ua teb ib hnub tsaus ntuj qas zuag

Txiv tooj tes tub ntaus ntses leej txiv txawm hais rau nws tias, "Ib tug kwv tij hais tias tus ntxhais nag hmo koj qhua-qhua lub tsev nyob sab tiv es lawd mam nqis saum roob los ua teb ntawd thiaj li tsis no thiab tsaus huab"

Hmo ntawd txiv tooj tes tub ntaus ntses ob tug npawg txawm ua nws luag mus tham Nkauj Nos pem Nkauj Nos lub tsev los Nkauj Nos ntshai ces nws twb tsis xav nrog txiv tooj tes tub ntaus ntses tham pem
Tham ib pliag na ciav yog tus txiv neej Nkauj Nos ntsib nram tus kwj deg ces Nkauj Nos tham ob peb los kom tus nus txhob tu siab es hais kom nws mus tsev tsam Nkauj Nos niam thiab txiv ho sawv mus muab nws cem

Hmo ntawd txiv tooj tes tub ntaus ntses ob tug npawg txawm ua nws luag mus tham Nkauj Nos pem Nkauj Nos lub zos los Nkauj Nos ntshai ces nws twb tsis xav nrog txiv tooj tes tub ntaus ntses tham hlo
Tham ib pliag na ciav yog tus txiv neej Nkauj Nos ntsib nram tus kwj deg ob peb hnub dhau los ces Nkauj Nos tham ob peb los kom tus nus txhob tu siab es hais kom nws mam rov tuaj dua lwm hmo tsam Nkauj Noj niam thiab txiv ho sawv mus muab nws yos

Ntuj nyiam qhuav pom kev, Nkauj Nos cia li ev nws lub kawm tawm mus txog nram teb na txiv tooj tes tub ntaus ntses twb tuaj sawv nram tus dej
Txiv tooj tes tub ntaus ntses nqa ob tug ntses mus cev rau nws es nug paub nws lub npe ces txiv tooj tes tub ntaus

ntses muaj siab hlo rov mus khaws lis nkaus tus ko hlau sawv nthua nplej

Ntuj tseem tsaus huab thiab no no, Nkauj Nos cia li ev nws lub kawm tawm yuav mus nthua dos na txiv tooj tes tub ntaus ntses twb tuaj sawv nram tus dej tos

Txiv tooj tes tub ntaus ntses nqa ob tug ntses mus rau nws es nug paub tias nws lub npe hu ua Nkauj Nos ces txiv tooj tes tub ntaus ntses muaj siab hlo rov mus khaws lis nkaus tus ko hlau sawv nthua nroj

Tshooj 6

Txiv tooj tes tub ntaus ntses pheej mus tham Nkauj Nos ces muaj ib hmos nws txawm nov leej niam muab Nkauj Nos laij tawm tsev vim leej niam nov tias Nkauj Nos tham tau Hmoob lawm os
Txiv tooj tes tub ntaus ntses xav coj Nkauj Nos nrog nws mus tsev taamsim ntawd los Nkauj Nos nim thov-thov kom cia Nkauj Nos nrog lawd nyob es Nkauj Nos mam li muab nws tso ua rau nws mob siab heev los nws tsis rov

Txiv tooj tes tub ntaus ntses pheej mus tham Nkauj Nos yav tsaus ntuj ces nws txawm mus pom leej niam tsis pub Nkauj Nos mus hauv tsev vim leej niam paub tias muaj Hmoob pheej tuaj nrog Nkauj Nos hais lus
Txiv tooj tes tub ntaus ntses xav coj kiag Nkauj Nos nrog nws mus los Nkauj Nos nim thov-thov kom cia Nkauj Nos nrog lawd nyob es Nkauj Nos mam li tu lus rau nws ua rau nws lub siab ntxhov los nws tsis mus

Txiv tooj tes tub ntaus ntses nyob pheeb ntawm Nkauj Nos sab phab ntsa tsev ib hmos es nov Nkauj Nos sawv ces nws mam ua ntej mus nyob nram kev tos los tseem nov leej niam cem kom Nkauj Nos txhob ntim mov es mus khawb qos noj

Txiv tooj tes tub ntaus ntses nyob pheeb ntawm Nkauj Nos sab phab ntsa tsev ib hmos kaj ntug es nov Nkauj Nos sawv ces nws mam ua ntej mus nyob nram kev tos Nkauj Nos tuaj los tseem nov leej niam cem kom Nkauj Nos txhob ntim cov ntses cub es mus ci qos noj sus

Nkauj Nos khwv npaum cas los nws niam thiab nws txiv tseem muab lawd cov hnab nplej pauv tau Hmoob ib txoj saw txhuas rau nws tus niam hluas es nkawd nim yuav noj ua tus dub-dub muag cuag li Nkauj Nos yog ntxhais ntsuag

Nkauj Nos khwv npaum cas los nws niam thiab nws txiv tseem muab lawd cov hnab nplej pauv tau Hmoob ob txoj saw nyiaj rau nkawd khaws cia es nkawd nim yuav noj ua ntsej muag dub nciab cuag li Nkauj Nos tsis yog nkawd yug tiag-tiag

Nkauj Nos muaj lub ntsej muag luag thaum nws pom txiv tooj tes tub ntaus ntses los txiv tooj tes tub ntaus ntses twb nov tas nws lub suab quaj

Txiv tooj tes tub ntaus ntses txais Nkauj Nos lub kawm mus ev tias, “Kuv xav tuaj thov yuav koj os leej muam”

Nkauj Nos tsis xav quaj los kua muag los tias, “Kuv xav

tias niam thiab txiv nkawd yuav tsis ua nyuab es yog koj hlub kuv npaum li koj tau hais ces koj mam li tuaj"

Nkauj Nos luag ntxhi ib pliag thaum nws pom txiv tooj tes tub ntaus ntses los txiv tooj tes tub ntaus ntses twb paub hais tias nws chim-chim siab

Txiv tooj tes tub ntaus ntses txais Nkauj Nos lub kawm mus ev tias, "Leej muam, kuv xav tuaj thov yuav koj es koj puas txaus siab yuav kuv thiab"

Nkauj Nos tsis xav quaj los teev tsis tau nws lub kua muag ntiav tias, "Kuv xav tias niam thiab txiv yuav tsis ua nyuab thiab es yog koj hlub kuv tiag ces koj mam li nqis tsev tuaj thov txiv thiab thov niam"

Txiv tooj tes tub ntaus ntses thiab Nkauj Nos txawm yuav cog lus ruaj los Nkauj Nos niam thiab txiv xav tau nyiaj ntawv luam

Txiv tooj tes tub ntaus ntses twb muaj tsis txhua ces nkawd nim tib tias txiv tooj tes tub ntaus ntses pluag pluag

Txiv tooj tes tub ntaus ntses thiab Nkauj Nos txawm yuav cog lus khov los Nkauj Nos niam thiab txiv xav tau nyiaj choj

Txiv tooj tes tub ntaus ntses twb muaj tsis txaus li qhov niam thiab txiv thov ces nkawd nim tib tias txiv tooj tes tub ntaus ntses txom nyem ua luaj li os

Txiv tooj tes tub ntaus ntses lawd rov qab mus ces Niam Num Yeeb dag Nkauj Nos tias, "Yog nws nqa tau ib hub nyiaj ntawv tuaj roos tau peb ntsej muag ces koj txiv wb mam li cia neb sib yuav"

Qhov tseeb yog Niam Num Yeeb xav tau Nkauj Nos mus khwv los yug Num Yeeb nkawd thiab nkawd cov me-nyuam es txog niaj hnub no nws thiaj li tsis kam Nkauj Nos rau leej twg yuav

Txiv tooj tes tub ntaus ntses lawv rov qab mus ces Niam Num Yeeb dag Nkauj Nos tias, "Yog nws nqa tau kaum choj nyiag tuaj them nqi mis nqi hno ces koj txiv wb mam li cia neb sib sau mog"

Qhov tseeb yog Niam Num Yeeb xav tau Nkauj Nos mus khwv los rau nkawd thiab nkawd cov me-nyuam noj ces txij li hnub ntawd mus nws yuav tsis pub Hmoob tuaj tham Nkauj Nos

Tshooj 7

Txiv tooj tes tub ntaus ntses tsis tau yuav los nws tseem tso tsis tau tseg es pheej mus sawv ntawm ntug dej saib mus rau tim Nkauj Nos lawd daim teb

Nkauj Nos tsev neeg nim niaj hnub tuaj nrog Nkauj Nos ua teb ua rau nws tsis muaj peev xwm mus ze los nws lub siab yeej xav ntsoov tias nws yuav ua li cas es thiaj li yuav tau Nkauj Nos los ua nws sev

Txiv tooj tes tub ntaus ntses tsis tau yuav los nws tseem nco-nco es pheej mus sawv ntawm ntug dej ntsia mus rau tim Nkauj Nos lawd daim teb txhua-txhua hnub

Nkauj Nos tsev neeg nim tuaj ua teb tas zog ua rau nws tsis muaj peev xwm mus nrog Nkauj Nos hais lus los nws lub siab yeej xav ntsoov tias nws yuav ua li cas es thiaj li yuav tau Nkauj Nos los ua nws tus

Txiv tooj tes tub ntaus ntses tseem pheej mus tham Nkauj Nos pem tsev ua rau Niam Num Yeeb haj yam cem ces muaj ib hmos Nkauj Nos txawm hais rau nws tias Nkauj Nos twb tham tau Hmoob nyob nram nroog tus tub ntse

Txiv tooj tes tub ntaus ntses tu siab nrho tias, “Nkauj Nos aw, yog koj ntxov hais li ko ua ntej ces twb tu kuv lub siab los lawm ntev es ntshe hnub no kuv twb tso tau koj tseg”

Txiv tooj tes tub ntaus ntses tseem pheej mus tham Nkauj Nos yav tsaus ntuj ua rau Niam Num Yeeb haj yam ntxub ces muaj ib hmos Nkauj Nos txawm hais rau nws tias Nkauj Nos twb tham tau Hmoob nyob nram nroog tus tub nplua nuj
Txiv tooj tes tub ntaus ntses tu siab nrho tias, "Nkauj Nos aw, yog koj xub-xub hais li ko rau kuv ces kuv twb tsis niaj hnub niaj hmo tos koj txoj kev hlub es ntshe kuv twb tso tau koj tseg ntxov thaum ub "

Nkauj Nos tig hlo mus saib ntawm qhov tsev es tsis tau teb ces twb nov txiv tooj tes tub ntaus ntses rho taw rhuj rhuav mus deb zuj zus rau nram txoj kev
Nkauj Nos cev tes mus kov qhov chaw doog dub ntawm nws sab ceg es so nws lub kua muag kom xob ntws poob mus ntub daim lev

Nkauj Nos tsis tau teb ib lo lus ces twb nov txiv tooj tes tub ntaus ntses rho taw rhuj rhuav mus deb lawm zuj-zus Nkauj Nos cev tes mus kov nws sab npab ntawm qhov chaw uas doog dub es so kiag lub kua muag ntws ntawm nws sab plhu

Txiv tooj tes tub ntaus ntses tsis paub xwb tias nws tuaj

txog thaum twg ces Nkauj Nos raug ntaus pes tsawg qws Nkauj Nos txawm yuav nco txiv tooj tes tub ntaus ntses npaum twg los Nkauj Nos nyoo swb tsuav Nkauj Nos cev nqaij daim tawv nrauj ncua leej niam leej txiv tus qws tsis chwb

Txiv tooj tes tub ntaus ntses tsis paub li os tias nws tuaj txog pes tsawg hmo ces Nkauj Nos raug ntaus pes tsawg qws mob
Nkauj Nos txawm yuav nco txiv tooj tes tub ntaus ntses npaum twg los Nkauj Nos nyoo hlo tsuav Nkauj Nos cev nqaij daim tawv nrauj ncua leej niam leej txiv tus qws tsis kov

Tshooj 8

Tau ntev lawm txiv tooj tes tub ntaus ntses tsis tau mus cuag tabsis nws tus phoojywg mus tham tau Nkauj Nos tus niam hluas ces nws xav mus saib seb puas ntsib tus Hmoob uas Nkauj Nos nim qhuas-qhuas
Txawm txiv tooj tes tub ntaus ntses tsis tau tham los tsuav nws tau nov Nkauj Nos lub suab

Tau ntev lawm txiv tooj tes tub ntaus ntses tsis tau mus pom tabsis nws tus phoojywg mus tham Nkauj Nos tus niam hluas tau ib ntus ces nws xav mus saib seb puas ntsib tus Hmoob uas Nkauj Nos nim hlub-hlub
Txawm txiv tooj tes tub ntaus ntses tsis tau nrog Nkauj Nos hais lus los tsuav nws paub qhov tseeb tias Nkauj Nos muaj tug

Hmo twg los tsis pom Nkauj Nos tus Hmoob tuaj txog ces txiv tooj tes tub ntaus ntses pheej mus sawv sab nraum ntawm Nkauj Nos lub txaj zov seb Nkauj Nos puas paub tias nws tseem nco-nco

Hmo twg los tsis pom Nkauj Nos tus Hmoob tshwm ntsej muag ces txiv tooj tes tub ntaus ntses pheej mus pheeb sab phab ntsa ntawm Nkauj Nos lub txaj es muab nws txhais tes npuab seb Nkauj Nos puas paub tias yog nws tuaj

Muaj ib hmos, thaum nkawd rov qab mus tsev, tus phoojywg txawm tham dabtsi ua rau txiv tooj tes tub ntaus ntses luag ces Nkauj Nos quaj dua thaum nws nov dheev txiv tooj tes tub ntaus ntses lub suab

Muaj ib hmos, thaum nkawd rov qab mus tsev, tus phoojywg txawm tham dabtsi ua rau txiv tooj tes tub ntaus ntses luag tuaj dab ros taug kev mus
Nkauj Nos tsa hlo tes mus npuab qhov phab ntsa nyob ncaj ntawm nws sab plhu thaum nws nov dheev txiv tooj tes tub ntaus ntses has lus

Hmo tom qab ntawd, txiv tooj tes tub ntaus ntses tus phoojywg txawm nug Nkauj Nos tus niam hluas tias, "Leej muam, koj niam thiab koj txiv puas yuav kam kuv yuav nkawd tus ntxhais ntxawm?"
Tus niam hlus teb tias, "Koj txhob rawm tuaj nawb vim txij li thaum kuv tus niam laus xav mus yuav txiv los ces kuv niam thiab kuv txiv tseem npau taws kawg"

Hmo tom qab ntawd, txiv tooj tes tub ntaus ntses tus phoojywg txawm nug Nkauj Nos tus niam hluas tias, "Leej

muam, koj niam thiab koj txiv puas yuav kam kuv yuav nkawd tus ntxhais nev yom"
Tus niam hluas teb tias, "Koj txhob rawm tuaj mog vim kuv niam thiab kuv txiv tseem chim-chim siab os txug thaum Hmoob tuaj thov yuav kuv tus niam laus Nkauj Nos"

Txiv tooj tes tub ntaus ntses hais nws tus phoojywg nug ib los ntxiv kom txiv tooj tes tub ntaus ntses paub qhov tseeb tsawv tias, "Puas yog koj niam thiab koj txiv tsis nyiam tus tub hluas ntawd es koj tus niam laus nkawd thiaj li tsis tau sib yuav lawm?"
Tus niam hluas teb tias, "Tsis muaj tseeb li ntawd, leej twg los kuv niam thiab kuv txiv nkawd tsis xyeej, tsuav yog nkawd sau nqi tshoob tau kaum choj nyiaj nrog rau ib hub nyiaj ntawv vim nkawd xav kom peb lub neej nce mus ib taws"

Tus phoojywg txawm nug tias, "Leej muam, kuv los nyiaj txiag kuj tsis txawm peem es kuv puas yuav muaj hmoo tau koj los ua kuv tus txij nkawm?"
Tus niam hluas hais txhawb nws lub zog tias, "Kuv niam thiab kuv txiv tsuas ua nyuab vim Nkauj Nos yog tus hlob ntawm peb sawv daws
Tos tus Hmoob nyob nram nroog tuaj yuav kuv tus niam laus ces koj mam li tuaj nawb"

Txiv tooj tes tub ntaus ntses nov tas lawm ces nws paub tias yog Nkauj Nos qhia tus niam hluas teb raws li Nkauj Nos txoj kev txhawj

Txiv tooj tes tub ntaus ntses hais nws tus phoojywg nug ib los ntxiv kuam txiv tooj tes tub ntaus ntses paub qhov tseeb tso tias, "Koj tus niam laus muaj Hmoob lawm lov?" Tus niam hluas teb tias, "Nkauj Nos yeej tsis kam tham leej twg li os vim nws tseem tos seb nws tus Hmoob puas yuav rov qab tuaj coj nws mus nrog nws tus Hmoob nyob" Txiv tooj tes tub ntaus ntses mloog tas nrho ces nws paub tias yog Nkauj Nos qhia tus niam hluas piav raws li Nkauj Nos txoj kev nco rau nws nov

Txiv tooj tes tub ntaus ntses rov hlo mus sab laj nrog nws niam thiab nws txiv tias nws xav mus khwv kom muaj nyiaj nrog luag siv es lawd tsev neeg thiaj li nrog luag sawv sib txig

Txiv tooj tes tub ntaus ntses rov hlo mus sab laj nrog nws txiv thiab nws niam tias nws xav mus khwv kom muaj nyiaj nrog luag khaws cia es lawd tsev neeg thiaj li nrog luag sawv tsim txiaj

Leej niam nim seev tias, "Ntuj os me tub, luag tsuas cav

tias ua lag ua luam ces mus ua rau hauv mab suav nroog es mus ntaus phooj ntaus ywg coob kom tib neeg ntshu nrooj tuaj yuav khoom sub kuv tub lub neej thiaj li yuav sawv nce mus ib tshooj"

Leej txiv nim seev tias, "Ntuj os me tub, luag tsuas cav tias ua lag ua luam ces mus ua rau hauv mab sauv nroog loj es mus ntaus phooj ntaus ywg rau txhua tus kom tib neeg tuaj ntshu nrooj rau ntawm yus sub kuv tub lub neej thiaj li yuav sawv nplua nuj"

Tshooj 9

Chim-chim txiv tooj tes tub ntaus ntses siab ces txiv tooj tes tub ntaus ntses khaws nkaus leej niam leej txiv rab teev ntxwv phij puab tuaj rau nruab duav es nim mus ua luam loj lees tuaj rau nruab suav seb peev nyiaj txiag puas yuav los puv tas txiv tooj tes tub ntaus ntses lub hnab khuam, seb puas saws tau Nkauj Nos rau txiv tooj tes tub ntaus ntses yuav

Chim-chim txiv tooj tes tub ntaus ntses siab ces txiv tooj tes tub ntaus ntses khaws nkaus leej niam leej txiv rab teev ntxwv phij puab tuaj rau nruab hnab es nim ua luam loj lees tuaj rau nruab mab seb peev nyiaj txiag puas yuav los puv tas txiv tooj tes tub ntaus ntses npab, seb puas saws tau Nkauj Nos los ua txiv tooj tes tub ntaus ntses nyab

Txiv tooj tes tub ntaus ntses cab leej niam leej txiv tus txiv nyuj mus muag nyiam qhuav tau yim choj es tseem tsis tau txaus coj mus them Nkauj Nos li nqi mis nqi hno Nws txawm taug kev ob hnub mam li mus txog tom lub pas dej uas nyob ze tom mab suav zos

Txiv tooj tes tub ntaus ntses cab leej niam leej txiv tus maum npua mus muag tau nyiaj ntawv luam los ntshe

yuav tsis tau puv Nkauj Nos leej niam thiab leej txiv lub hub uas muab av puab
Nws txawm taug kev ob hnub mam li mus txog tom lub pas dej uas nyob ze ntawm lub zos tib neeg cav tias zoo ua lag luam

Txiv tooj tes tub ntaus ntses txiav tau nplooj tsawb coj mus pua ua lub chaw nyob ces nws txawm ua raws nraim li leej niam leej txiv cov lus cob
Txiv tooj tes tub ntaus ntses muab lub vas ntses ntaus mus txog qhov chaw uas noog noj txiv hmab txiv ntoo poob mus ua txo na ntses txawm tawm tuaj ua luam dej tsheej npoj

Txiv tooj tes tub ntaus ntses txiav tau nplooj tsawb coj mus khaum thiab khi thaiv cua ces nws txawm ua raws nraim li leej niam leej txiv cov lus qhia ua luam
Nws muab lub vas ntses ntaus mus txog qhov chaw muaj ntxhuab na ntses txawm tawm hauv qab cov pob zeb tuaj ua luam dej coob ua luaj

Tsaus ntuj qas zuag, txiv tooj tes tub ntaus ntses muab lub vas cuab ces nws txawm mus pw mloog me puav nthuav tis ntxuaj es nim ya plhuj plhawv saum lub qhov tsua ua rau txiv tooj tes tub ntaus ntses lub siab lub ntsws xav ya yuj plaws rov mus pom Nkauj Nos ib muag

Tsaus ntuj zog, txiv tooj tes tub ntaus ntses muab lub vas ntses cuab ib hmos ces nws txawm mus pw mloog me puav ntxuaj tis ya plhuj plhawv tim toj ua rau txiv tooj tes tub ntaus ntses lub siab lub ntsws xav ya yuj plaws rov mus cuag Nkauj Nos

Pom zem zuag lub hnub tawm tim npoo toj, txiv tooj tes tub ntaus ntses sawv mus yawm tau ib kawm ntses ev coj mus muag tas nrho ces nws rov mus yawm tau ib kawm ntxiv los tsis txaus tib neeg yuav hlo ua rau nws kub siab heev mus khwv noj

Lub hnub tawm tim npoo ntuj pom kev qas zuag, txiv tooj tes tub ntaus ntses sawv mus yawm tau ib kawm ntses ev coj mus muag tsuag-tsuag ces nws rov hlo mus yawm tau ib kawm ntxiv coj mus muag dua los tsis txaus cov tib neeg yuav ua rau nws kub siab heev mus ua lag luam

Nkauj zaj ntsuab nim tawm tuaj pw ntawm txiv tooj tes tub ntaus ntses ib sab txhua-txhua hmo los txiv tooj tes tub ntaus ntses tsis paub
Txiv tooj tes tub ntaus ntses mus khwv tau nyiaj choj txaus ces nws cia li sua tsuj sua hneev rov qab mus tsev

lawm tsis tig rov mus xauj
Nkauj zaj ntsuab nim tos hmo dhau hmo ntawm lub pas dej tauv los txiv tooj tes tub ntaus ntses twb tseg nkawd lub chaw pw mus ua tag nas noog lub chaw nkaum

Nkauj zaj ntsuab nim lawv ntses mus nkag rau hauv txiv tooj tes tub ntaus ntses lub vas ntses txhua-txhua hnub los txiv tooj tes tub ntaus ntses tsis pom
Txiv tooj tes tub ntaus ntses mus khwv nyiaj txaus coj mus yuav Nkauj Nos ces nws cia li sua tsuj sua hneev rov mus lawm tsis los
Nkauj zaj ntsuab nim tos hnub dhau hnub los txiv tooj tes tub ntaus ntses twb tseg tas nkawd lub chaw so rau nkauj zaj ntsuab ib leeg zov

Txiv tooj tes tub ntaus ntses mus ua luam loj lees rau txoj kev deb es peev nyiaj txiag los puv tas txiv tooj tes tub ntaus ntses cev ces nws txawm rov qab mus thov so hauv Vam Huas lub tsev
Txiv tooj tes tub ntaus ntses hais qhia rau Vam Huas ob niam txiv paub tias nws yuav mus yuav Num Yeeb tus ntxhais hlob los ua nws sev
Vam Huas nkawd txawm cia li nrog txiv tooj tes tub ntaus ntses mus saib seb puas yog tus Num Yeeb thaum ub lawd nyob ua ke

Txiv tooj tes tub ntaus ntses mus ua luam loj lees rau txoj kev dav es peev nyiaj txiag los puv tas txiv tooj tes tub ntaus ntses lub hnab ces nws txawm rov qab mus thov pw Vam Huas ib lub txaj

Txiv tooj tes tub ntaus ntses hais qhia rau Vam Huas ob niam txiv paub tias nws yuav mus yuav Num Yeeb tus ntxhais Nkauj Nos los ua nws nyab

Vam Huas nkawd txawm cia li nrog txiv tooj tes tub ntaus ntses mus saib seb puas yog tus Num Yeeb uas nkawd paub yav tas

Tshooj 10

Nkauj Nos lawd cov nug muag mus txiav taws pem roob siab es rov los pom Hmoob leej twg tabtom kwv lub kaus vej kaus vuam tuaj
Nkauj Nos taug kev ncig qas yeev tsis xaav mus hauv tsev es nim xum mus pub qaib pub npua
Nkauj Nos ib tug nus txawm cog lus tias yog Nkauj Nos tsis nyiam tus tub hluas ces tus nus mam li hais kom leej niam thiab leej txiv tsis txhob muab Nkauj Nos qua

Nkauj Nos lawd cov nug muag mus txiav taws pem hav zoov es nim rov los pom Hmoob leej twg tabtom kwv lub kaus vej kaus vuam tuaj txog loo
Nkauj Nos taug kev ncig qas yeev xav nyob nraum zoov los Nkauj Nos ib tug nus nim cog lus tias yog Nkauj Nos tsis pom zoo ces tus nus mam li hais kom leej niam thiab leej txiv tsis txhob qua Nkauj Nos rau Hmoob

Nkauj Nos lawd cov nug muag nkag mus pom peb tug txiv neej sawv thaiv lub qhov rooj sab huv tsev
Ua cas tsis yog Hmoob tuaj nqus rooj rau dej es nim yuav tuaj muab lawd nam thiab lawd txiv ntes
Niam Vam Huas xav tuav nkaus Nkauj Nos txhais tes los Nkauj Nos saib nws ib muag ze-ze es nim dhia mus rau

tom leej niam thiab leej txiv uas nyiag Nkauj Nos coj mus tu thiab hloov npe

Peb tug txiv neej sawv thaiv ntawm lub qhov rooj txawm zam kev tso Nkauj Nos lawd nkag mus es mam rov muab lub qhov rooj kaw
Ua cas tsis yog Hmoob tuaj nqus rooj rau dej rau cawv es nim yuav tuaj muab lawd niam thiab lawd txiv pav tes pav taw
Niam Vam Huas xav muab Nkauj Nos khawm los Nkauj Nos saib nws txawv-txawv es nim dhia mus rau tom leej niam thiab leej txiv uas tau nyiag coj Nkauj Nos mus ua nkawd tus me-nyuam lawm

Cov me-nyuam sib pab daws tau Num Yeeb nkawd txhais tes ces Num Yeeb txawm hais rau Vam Huas tias, "Yog koj txhob nrhiav teebmeem rau peb ces hnub no kuv muab neb tus ntxhais cob rov qab rau neb tabsis tus nqi tshoob ces tus vauv yuav tsum them rau wb ua niam ua txiv li thaum ub peb tau hais tseg"

Cov me-nyuam sib pab daws tau Num Yeeb nkawd txhais ko-taw ces Num Yeeb txawm hais rau Vam Huas tias, "Yog koj txhob nrhiav teebmeem rau peb sawv daws ces hnub no kuv muab neb tus ntxhais cob rov qab rau neb nawb tabsis tus nqi tshoob ces tus vauv yuav tsum them raws li wb ua niam ua txiv xav tau ntawd”

Num Yeeb hais li cas los Nkauj Nos cov nug muag tsis ntseeg vim Nkauj Nos yeej yog lawd tus muam, yog tus hlob nyob hauv lawd tsev neeg
Niam Num Yeeb hais tias Niam Vam Huas thiaj li yog Nkauj Nos niam tiag tiag los Nkauj Nos tsis lees vim nws twb tsis paub khub niam txiv uas sawv tom qab txiv tooj tes tub ntaus ntses nrog ob tug txiv neej
Num Yeeb yuav muab Nkauj Nos qua los ob tug nus tsis kheev ces Num Yeeb cab kiag tus tub yau Nkauj Nos tawm plaws hauv tsev mus tham txug lawd cov teebmeem

Num Yeeb hais le cas los Nkauj Nos cov nug muag tsis mloog vim Nkauj Nos yeej yog lawd tus muam, yog tus hlob nyob hauv lawd tsev neeg los lawm ntev loo
Niam Num Yeeb hais tias Niam Vam Huas thiaj li yog Nkauj Nos niam tiag tiag los Nkauj Nos saib ob niam txiv Vaam Huas tsuas yog Hmoob uas txiv tooj tes tub ntaus ntses coj tuaj txais tshoob
Num Yeeb yuav qua Nkauj Nos los ob tug nus tsis pom zoo ces Num Yeeb cab kiag tus tub yau Nkauj Nos tawm plaws hauv tsev mus tham kom tus tub paub txog lawd cov teebmeem thoob

Tus nus chim siab heev ces nws rov loo mus hais rau Nkauj Nos ib leeg tias, “Hmoob twb rov tuaj lawm ces koj ua ib siab nrog lawd mus es koj lub neej thiaj li yuav tsheej Txawm koj yug los txawv xeem thiab yuav mus nrog leej twg nyob tas koj sim neej los nco ntsoov tias koj thiab peb tseem yog nug muag sib txheeb es mus hlub-hlub yawm yij thiab nws tsev neeg”

Tus niam hluas khawm nkaus Nkauj Nos ceev-ceev ces lawd ca li qua Nkauj Nos mus nrog txiv tooj tes tub ntaus ntses ua neej

Tus nus quaj ib leeg nraum zoov ntev loo ces nws rov mus hais rau Nkauj Nos tias, “Hmoob twb rov qab tuaj lawm ces koj ua ib siab nrog lawd mus es koj lub neej thiaj li yuav zoo

Txawm roj ntsha peb tsis tau koom los nco ntsoov tias peb cov nug muag tau koom nyob ib lub tsev ua ke pem hav zoov es koj mus nrog yawm yij thiab nws tsev neeg nyob lawm los peb tseem yuav nug koj moo”

Tus niam hluas khawm nkaus Nkauj Nos ces nkawd txawm ob leeg quaj mloog ob tog sib hais haum ces muab tshoob

Txiv tooj tes tub ntaus ntses muab kaum choj nyiaj cev rau Num Yeeb nkawd txhais tes ces nws mam li saws tau

Nkauj Nos mus ua nws sev
Niam Num Yeeb tsuas muab ib cev zam tshiab rau Nkauj Nos hnav sawv kev thiab muab Nkauj Nos kaj ntaub kub phij cuam rau tus ntxhais thiab tus vauv coj mus tsev
Niam Vam Huas mam li ntseeg tias Nkauj Nos yog nws tus ntxhais tiag-tiag thaum nws saib kaj ntaub kub muaj ib tug zaj nyob ntawm lub kaum ceg

Txiv tooj tes tub ntaus ntses cev ib hub nyiaj ntawv puv puv rau Num Yeeb nkawd khaws ces nws mam li saws tau Nkauj Nos mus ua nws tus txij nkawm
Niam Num Yeeb tsuas muab ib cev zam tshiab rau Nkauj Nos hnav ua piv txwv tias Nkauj Nos yog nws ib tug ntxhais ua zaum kawg es muab Nkauj Nos kaj ntaub kub phij cuam rau tus ntxhais thiab tus vauv nkawd
Niam Vam Huas saib kaj ntaub muaj ib tug zaj nyob ntawm kaum ceg caws ces nws mam ntseeg tias nws nrhiav tau nws tus ntxhais lawm

Tshooj 11

Nkauj Nos yuav txiv tooj tes tub ntaus ntses tsis tau muaj pes tsawg hmo, Num Yeeb cia li coj nws tsev neeg khiav mus nrog cov kwv tij nyob es nim tsis xa ib tsab xov mus qhia rau Nkauj Nos paub hlo

Nkauj Nos yuav txiv tooj tes tub ntaus ntses tsis tau muaj pes tsawg hnub, Num Yeeb cia li coj nws pab niam tub khiav mus ua rau Nkauj Nos nco-nco nws tus niam hluas thiab ob tug nus

Nkauj Nos paub Vam Huas nkawd ntev zus ces nws paub hais tias nkawd yeej txhawj thiab hlub nws heev txij li hnub Niam Num Yeeb nyiag coj nws mus tu
Nkauj Nos tau ntsib nws ob tug viv ncaus thiab ob tug nus uas nrog nws koom niam koom txiv yug los muaj qee hnub nws tseem nco-nco pab nug muag uas thaum i nws nrog lawd noj koom ib lub tsum

Nkauj Nos paub Vam Huas ob niam txiv ntev zog ces nws paub hais tias nkawd yeej nco txog nws tshaj plaws li os
Nkauj Nos tau nrog cov nug muag uas lawd koom niam koom txiv nyob sov siab so los muaj qee hmo nws tseem nco txog pab nug muag uas thaum i nws nrug lawd koom

noj ib tais mov

Nkauj Nos thiab txiv tooj tes tub ntaus ntses ua lub neej muaj noj muaj haus los nkawd paub tias peev nyiaj txiag tsis muaj ntau es txhawj tsam nkawd muaj me-nyuam ces ntshe nyiaj txiag yuav tsis txaus

Nkauj Nos thiab txiv tooj tes tub ntaus ntses ua lub neej muaj noj muaj hnav los nkawd paub tias peev nyiaj txiag yuav tsis kav es txhawj tsam nkawd muaj me-nyuam ces ntshe nyiaj txiag yuav txawj tas

Nkauj Nos txawm hais rau txiv tooj tes tub ntaus ntses tias, "Txiv tooj tes tub ntaus ntses aw, wb ua neej txog tav li no los peev nyiaj txiag tsis puv wb tes ces cia kuv ntim su nrog koj mus ua luam muag ntses rau mab suav teb" los Nkauj Nos nim xeeb tub qas zoj tuaj nruab cev ces txiv tooj tes tub ntaus ntses thiaj li tau tawm rooj lis plaws ib leeg mus ntoj kev es yuav tseg ncua Nkauj Nos nyob tuaj rov tom tsev

Nkauj Nos txawm hais rau txiv tooj tes tub ntaus ntses tias, "Txiv tooj tes tub ntaus ntses aw, wb ua neej txog tav li no los peev nyiaj txiag tsis puv wb hnab ces cia kuv ntim su nrog koj mus ua luam muag ntses rau mab suav av" los

Nkauj Nos nim xeeb tub qas zoj tuaj nruab plab ces txiv tooj tes tub ntaus ntses thiaj li tau tawm rooj lis plaws ib leeg mus ntoj kab es yuav tseg ncua Nkauj Nos nyob tuaj rov tom qab

Tshooj 12

Txiv tooj tes tub ntaus ntses txawm rov qab mus rau tom lub pas dej uas nruab hnub hmo ntuj los muaj ntses coob heev tawm tuaj ua luam dej
Txiv tooj tes tub ntaus ntses nim mus khwv es nyiaj txiag tau ib hnab nyhav qees txaus lub kawm ev ces nws yuav rov qab mus tsev los Nkauj Nos nim nqhis-nqhis nqaij ntses

Txiv tooj tes tub ntaus ntses txawm rov qab mus rau tom lub pas dej uas hmo ntuj nov puav ntxuaj tis ya
Txiv tooj tes tub ntaus ntses nim mus khwv es nyiaj txiag tau ib hnab nyhav qees txaus lub kawm ev ua ib nra ces nws yuav rov qab los Nkauj Nos nim nqhis-nqhis nqaij ntses qha

Txiv tooj tes tub ntaus ntses muab nws lub vas ntses laim khuab lis nkaus tuaj qab zeb na ua cas tsis yog ntses nuj ntses nag tawm tuaj ntxeev cev
Nim yog nkauj zaj ntsuab tawm tuaj saum teb es muab txiv tooj tes tub ntaus ntses lub cev qhau lis plhuav rau hauv lub pas dej

Txiv tooj tes tub ntaus ntses muab nws lub vas ntses laim khuab li nkaus tuaj qab av na ua cas tsis yog ntses nuj ntses nag tawm tuaj ntxeev plab

Nim yog nkauj zaj ntsuab tawm tuaj saum yam es muab txiv tooj tes tub ntaus ntses lub cev qhau lis plhuav rau hauv lub pas zaj

Tshooj 13

Nkauj Nos xav tias txiv tooj tes tub ntaus ntses twb mus dhau lub caij nkawd tau hais tseg ces cia Nkauj Nos ntim su tawm rooj lis plaws mus ntoj kev seb puas nov tas txiv tooj tes tub ntaus ntses lub npe
Es Nkauj Nos yuav mus hais seb txiv tooj tes tub ntaus ntses puas yuav nrog Nkauj Nos rov qab mus tsev

Nkauj Nos xav tias txiv tooj tes tub ntaus ntses twb mus dhau lub caij nkawd sib tham ces cia Nkauj Nos ntim su es tawm rooj lis plaws mus ntoj kab seb puas nov tas txiv tooj tes tub ntaus ntses lub npe xyav
Es Nkauj Nos yuav mus hais seb txiv tooj tes tub ntaus ntses puas yuav nrog Nkauj Nos rov qab

Nkauj Nos mus nug nws niam thiab nws txiv Vam Huas ces nkawd hais tias txiv tooj tes tub ntaus ntses mus cuab ntses tom lub pas dej loj
Nkauj Nos xav mus pom tiamsis leej niam thiab leej txiv tsis pub hlo es hais kom nws cia li nyob twj ywm hauv tsev tos txiv tooj tes tub ntaus ntses rov qab los

Nkauj Nos mus nug nws niam thiab nws txiv Vam Huas ces nkawd hais tias txiv tooj tes tub ntaus ntses mus cuab

ntses tom lub pas dej ntsuab
Nkauj Nos xav mus xyuas tabsis leej niam thiab leej txiv tsis pub nws mus vim nws tseem tabtom muaj me-nyuam

Pw ib hmos kaj ntug, Nkauj Nos txawm hais rau Vam Huas nkawd tias nws yuav tau rov qab mus tsev ntxov-ntxov
Leej niam ntim tau ib pob su rau Nkauj Nos ces Nkauj Nos cia li nyiag kev mus thaum nkawd tsis pom es mus ob hnub ke mam mus txog tom lub paaj dej loj

Kaj ntug es lub hnub twb tawm tuaj, Nkauj Nos txawm hais rau Vam Huas nkawd tias nws yuav tau rov qab mus tsev tsuag-tsuag
Leej niam cev lub hnab ntim pob su rau Nkauj Nos khuam ces Nkauj Nos txawm nyiag kev mus thaum nkawd tawm mus ua qhua es mus ob hnub ke mam mus txog tom lub pas dej ntsuab

Nkauj Nos nim ntoj taw sua yeev mus pom ib lub nkoj xyoob thiab leej twg lub vas los lub pas dej dav li dav
Nkauj Nos lub siab fav ces nws tig hlo xub ntiag lees xav rov qab los nim pom leej twg tabtom hlawv teb ncho pa
Nkauj Nos ntshai pas dej dav npaum li cas los nws yuav nkuam nkoj hla es mus saib seb puas yog txiv tooj tes tub ntaus ntses ntag

Nkauj Nos nim ntoj taw sua yeev mus pom ib lub nkoj xyoob muaj leej twg lub vas ntses khaum tuaj saab saum los lub pas dej tsaus li tsaus
Nkauj Nos lub siab pauv ces nws tig hlo xub ntiag lees xav rov qab mus los nws lub siab kuj xav paub
Nkauj Nos ntshai pas dej tsaus cov dej ntaus los nws yuav nkuam nkoj hla mus kom tau es saib seb puas yog txiv tooj tes tub ntaus ntses tabtom hlawv teb tauj

Nkauj Nos nrog niam dej dav ntab yuj yees mus txog tim ntug uas cov av mos mos ces nws txawm nqis saum lub nkoj mus ncig nrhiav tus txiv neej puag ta los tsis pom
Nkauj Nos tsa hlo lub ncauj hu los txhua qhov chaw nim nyob ntsiag to

Nkauj Nos nrog niam dej tsaus ntab yuj yees mus txog tim ntug xuab zeb ces nws txawm nqis sau lub nkoj mus nrhiav tus txiv neej puag ta tom lub tsev teb es xyov leej twg nyiam qhuav rawv tau taws nte los nim hnov no txias zias thoob plaws Nkauj Nos ib ce

Tshooj 14

Nkauj zaj ntsuab siab tsis zoo es nim yuav muab txiv tooj tes tub ntaus ntses zais lis zoj rau hauv lub hav pas dej ntsuab
Txiv tooj tes tub ntaus ntses nyob txhooj tsis paub, ua cas hnub no nim yuav hnov tas Nkauj Nos lub suab quaj
Txiv tooj tes tub ntaus ntses lub ncauj tsis hais los siab xav twj ywm tias yog sim nuj tus dabtsis tuaj
Txiv tooj tes tub ntaus ntses mam tsa qhov muag mus saib saum nplaim dej ntaus ua npuag na ua cas nim pom tas Nkauj Nos lub ntsej muag

Nkauj zaj ntsuab siab tsis zoo es nim yuav muab txiv tooj tes tub ntaus ntses zais lis zoj rau hauv lub hav pas dej nro ntsuab xiav lus
Txiv tooj tes tub ntaus ntses nyob txhooj tsis paub, ua cas hnub no nim yuav hnov tas Nkauj Nos lub suab quaj hu
Txiv tooj tes tub ntaus ntses lub ncauj tsis hais los siab xav twj ywm tias zoo li yog muaj tib neeg tuaj txog sub
Txiv tooj tes tub ntaus ntses mam tsa qhov muag mus saib saum nplaim dej ntaus xiav lus na ua cas nim pom tas Nkauj Nos lub cev ntaj ntsug

Txiv tooj tes tub ntaus ntses saib zoj Nkauj Nos tabtom ce nkoj yuav rov qab mus lawm tiag tiag ces nws tig hlo mus

ntsia nkauj zaj ntsuab tseem tabtom pw puag tes tuaj sib qhaib ua rau nws chim chim siab
Txiv tooj tes tub ntaus ntses xav muab dej nro yees kiag ua dej ntshiab seb Nkauj Nos puas pom txiv tooj tes tub ntaus ntses ib muag tiag los ntshai tib ruj rwg tsam nkauj zaj ntsuab ho hnia tau Nkauj Nos tus ntxhiab

Txiv tooj tes tub ntaus ntses saib zoj Nkauj Nos tabtom nce nkoj rov qab mus tsev lawm ces nws xav los chim plawv es nim tig hlo mus ntsia nkauj zaj ntsuab tseem tabtom pw puag tes puag taw tuaj sib caws
Txiv tooj tes tub ntaus ntses xav muab dej nro yees kiag ua dej dawb seb Nkauj Nos puas pom txiv tooj tes tub ntaus ntses ib muag tsawv los ntshai tib ruj rwg tsam nkauj zaj ntsuab ho hnia tau Nkauj Nos tus ntxhiab txawv

Txiv tooj tes tub ntaus ntses cia li khiav mus txog tom yawm zaj laus lub rooj vag es mus dag zoj tau yawm zaj laus tus tub mab tso tas txiv tooj tes tub ntaus ntses tawm tuaj saum yaj

Txiv tooj tes tub ntaus ntses cia li khiav mus txog tom yawm zaj laus lub rooj vag zeb es mus dag zoj tau yawm zaj laus tus tub qhev tso tas txiv tooj tes tub ntaus ntses tawm tuaj saum ntug dej

Tshooj 15

Yawm zaj laus ob tug tub zov saum lub qhov tsua xav tias ntshe tus zaj nyiaj uas muaj cov nplai kub tsuas yog tawm tuaj mus lam cua
Tus zaj nyiaj nthuav kiag nws tus tw ntxuaj es ua luam dej yoj cev qas yeev tuaj
Cov ntses cia li ua luam dej mus hla hauv qab Nkauj Nos lub nkoj coob ua luaj es nim ntaus poob Nkauj Nos tus pas nkuam
Cov txoob ntses ntse li ntse es nim hlais ua rau lub nkoj cov hlua tu xoob thuav
Tus zaj nyiaj tsis paub tias nws twb ua dej nphau nphwv mus ntaus tas Nkauj Nos lub nkoj puas

Yawm zaj laus ob tug tub zov saum lub qhov tsua kub xav tias ntshe tus zaj nyiaj tsuas yog tawm tuaj nte tshav ntuj
Tus zaj nyiaj nthuav kiag tis ntxuaj hauv qab thus es ua luam dej yoj cev qas yeev mus rau saum Nkauj Nos ze zuj zus ces Nkauj Nos pom dheev dabtsi ci nplas hauv hav dej ua rau Nkauj Nos lub plawv dhia tsis tus
Tus zaj nyiaj tsis paub tias nws twb ua dej nphau nphwv mus ntaus ua rau txhua txoj hlua pav Nkauj Nos lub nkoj xyoob tu

Nov dej ntas nto ces nkauj zaj ntsuab tsim dheev niam dab tus npau suav
Nws pom cov ntses ua luam dej tsiv cuag li muaj tib neeg tuaj cuab na ciav yog Nkauj Nos poob dej mus pom nkauj zaj ntsuab lub tsev tsuj tsev npuag
Nkauj Nos ntxuaj npab tuam taw ua luam dej yuav tawm tuaj ces nkauj zaj ntsuab cia li ua luam dej mus muab Nkauj Nos lub cev rig nkaus zuaj

Nov dej ntaus ua zog ces nkauj zaj ntsuab tsim dheev niam dab tus npau ntub los pom cov ntses ua luam dej cuag li muaj tib neeg tuaj pub na ciav yog Nkauj Nos poob dej mus pom nkauj zaj ntsuab lub tsev tsuj tsev npuag nyob hauv qab thus
Nkauj Nos ntxuaj npab tuam taw yuav tawm mus ces nkauj zaj ntsuab cia li ua luam dej mus muab Nkauj Nos lub cev rig nkaus nqus kom nws tus pa tu

Pom dheev Nkauj Nos lub nkoj cov hlua tu ces tus zaj nyiaj cia li ploj pliag ua luam dej mus nrhiav hauv qab thus txhua nrho
Nws mus pom dheev nkauj zaj ntsuab ntswj zog cev yuav muab Nkauj Nos tom ces nws hu kiag tias, "Thov tso kuv tus poj niam es rau txim rau kuv vim kuv yog tus coj nws los"

Pom dheev Nkauj Nos lub nkoj puas ces tus zaj nyiaj cia li ploj pliag ua luam dej mus nrhiav hauv qab ntxhuab es mus pom nkauj zaj ntsuab ntswj zog cev muab Nkauj Nos lub cev chua

Tus zaj nyiaj hu kiag tias, "Thov tso kuv poj niam me-nyuam es muab kuv tua vim yog tim kuv es nws thiaj li tuaj"

Nkauj zaj ntsuab hle tus zaj nyiaj lub kauj toog zaj kub coj mus co ces tus zaj nyiaj hloov cev kiag ua tus txiv tooj tes tub ntaus ntses uas Nkauj Nos nim niaj hnub niaj hmo nco

Nkauj zaj ntsuab rov qab cev lub kauj toog zaj kub rau txiv tooj tes tub ntaus ntses tias, "Yog koj xav cawm koj tus poj niam ces cia li coj kuv lub kauj toog kub ntawm nov es cog lug tias txij hnub no mus koj yuav ua zaj txij zaj laus tiv thaiv kuv mus niam ib puas ib txhiab xyoo tsis sib nrug hlo

Yog muaj hnub koj rhuav cov lus cog ces koj ob niam tub ib tug twg yuav tau txais kev ploj"

Nkauj zaj ntsuab hle tus zaj nyiaj lub kauj toog zaj kub coj mus tshuab ces tus zaj nyiaj hloov cev kiag ua tus txiv neej uas Nkauj Nos yuav

Nkauj zaj ntsuab rov qab cev lub kauj toog zaj kub rau txiv tooj tes tub ntaus ntses tias, "Yog koj xav cawm koj poj niam me-nyuam ces cia li coj kuv lub kauj toog kub dua es cog lus tias txij hnub no mus koj yuav ua zaj txij zaj laus zov lub pas dej ntsuab mus niam ib puas ib txhiab xyoo tsis pub qhuav

Yog muaj hnub koj rhuav kev cog lus ces koj ob niam tub ib tug twg yuav tsum tuag"

Tshooj 16

Thaum ub yawm zaj laus tau cog lus rau yawm xob tias yog muaj tib neeg tuaj yuam kev txog ntawm pas dej zaj los zaj yuav tso nws mus
Yawm zaj laus lub siab ntxhov thaum nws nov dheev xob nroo saum ntuj tsis tu
Nws txawm tawm plaws mus ncig saib nws cov ntxhais thiab cov tub seb puas yog lawd leej twg tau ua txhaum lub ntuj

Thaum ub yawm zaj laus tau cog lus rau yawm xob tias yog muaj tib neeg yuam kev tuaj nkaum tshav nkaum nag ze ntawm pas dej zaj los zaj yuav tsis tawm mus tav
Yawm zaj laus lub siab tsis kaj thaum nws pom dheev xob laim saum ntuj ci nplas ces nws tawm plaws mus ncig saib nws cov ntxhais vauv thiab cov tub nyab seb puas yog lawd ib tug twg tau ua tsis ncaj

Yawm zaj laus mus saib ntxhais nkauj zaj ntsuab ua tus kawg na ua cas yog ntxhais nkauj zaj ntsuab tabtom muab Nkauj Nos lub cev zawm es yawm xob thiaj li sawv

Yawm zaj laus mus saib ntxhais nkauj zaj ntsuab ua tus tom qab na ua cas yog ntxhais nkauj zaj ntsuab tabtom zawm sab Nkauj Nos tus me-nyuam nyob huv plab es yawm xob thiaj li sawv yuav tua ntxhais nkauj zaj

Yawm zaj laus ya tawm plaws hauv lub pas dej mus ntsib yawm xob tias, "Koj ntaus tsis tau lub cim ploj rau kuv tus ntxhais hlob vim tus poj niam hauv nyiag tuaj pom tas peb lub chaw nyob hauv qab thus"
Yawm xob teb tias, "Tabsis nws rau txim tsis tau rau tus me-nyuam uas tsis tau yug
Koj ua txiv cia li rov qab mus hais kom nkauj zaj ntsuab cia li tsum, yog tsis tsum ces txhob tu siab rau kuv"

Yawm zaj laus tawm plaws hauv lub pas dej mus ntsib yawm xob saum cov huab tias, "Koj tua tsis tau kuv tus ntxhais nkauj zaj ntsuab vim tus poj niam hauv nyiag tuaj pom tas peb cov tsev tsuj tsev npuag"
Yawm xob teb tias, "Tabsis nws rau txim tsis tau rau neej tus me-nyuam
Koj ua txiv rov qab mus hais kom nkauj zaj ntsuab cia li tso plhuav, yog tsis tso ces kuv tua nws tamsim no kom nws tuag"

Tshooj 17

Txiv tooj tes tub ntaus ntses saib Nkauj Nos qi muag zuj-zus ces nws looj hlo nkauj zaj ntsuab lub kauj toog zaj kub cog lus
Nkauj zaj ntsuab muab Nkauj Nos lub cev laim mus pov tseg rau hauv qab thus ces txiv tooj tes tub ntaus ntses yees kiag cev ua tus zaj nyiaj es ua luam dej mus puag hlo coj Nkauj Nos tawm tuaj mus tim ntug

Txiv tooj tes tub ntaus ntses saib Nkauj Nos tu pa tshuab tsis muaj npuag ces nws looj kiag nkauj zaj ntsuab lub kauj toog zaj kub uas khawm nkaus ruaj-ruaj
Nkauj zaj ntsuab muab Nkauj Nos lub cev cuam ces txiv tooj tes tub ntaus ntses yees kiag cev ua tus zaj nyiaj es ua luam dej mus puag hlo coj Nkauj Nos tawm tuaj mus tim ntug qhuav

Yawm zaj laus rov loo mus pom ib muag nraug zaj daj tus ntsuj plig nyob huv Nkauj Nos lub nruab nrog
Nkauj Nos kaj ntaub khi plaub hau hle hlo es ntab yuj yees hauv hav dej mav-mam tog ces yawm zaj laus ntsiab nkaus daim ntaub mus saib na ciav yog yawm zaj laus daim ntaub kub ci hob
Yawm zaj laus zoo siab twj ywm vim tias zaum no ces

nraug zaj daj tau los pom nws tsev neeg zaj lub chaw nyob

Yawm zaj laus rov loo mus pom ib muag nraug zaj daj tus ntsuj plig nyob huv Nkauj Nos lub cev
Nkauj Nos kaj ntaub kub khi plaub hau hle es ntab yuj yees huv hav dej ces yawm zaj laus ntsiab nkaus tau daim ntaub kub ci hob mus tuav ntawm tes
Pom lub cim zaj nyob ntawm ib lub kaum ceg ua rau yawm zaj laus zoo siab twj ywm vim tias zaum no ces nraug zaj daj tau los pom nws tsev neeg zaj lub tsev

Nkauj zaj ntsuab tsis txaus siab hlo vim tus zaj nyiaj nrog Nkauj Nos mus ntev zog es yuav lawv qab mus coj ces yawm zaj laus hais kom cov tub mab tub qhev cia li muab nkauj zaj ntsuab txhom

Nkauj zaj ntsuab lub siab tsis ntev vim tus zaj nyiaj tau nrog Nkauj Nos nyob ua ke es nws yuav lawv qab mus cab tus zaj nyiaj los tsev ces yawm zaj laus hais kom cov tub mab tub qhev cia li muab nkauj zaj ntsuab ntes

Tus zaj nyiaj yoj cev ntaug lees nqa Nkauj Nos tawm hauv hav dej los ces nws tshuab kiag ib pas rau ntawm Nkauj Nos ob sab phlu mos mos
Tus pa zaj ces zoo yam li hauv tshuaj kho es cawm tau

Nkauj Nos muaj txoj sia nyob

Tus zaj nyiaj yoj cev ntaug lees nqa Nkauj Nos mus tso pw saum cov nroj ntsuab xib xiab tes nws tshuab kiag ib pas rau ntawm Nkauj Nos lub ntsej muag xiav
Tus pa zaj ces zoo yam li hauv tshuaj iab es ua rau Nkauj Nos nim tsaug-tsaug zog ib pliag los tsuav cawm tau Nkauj Nos txoj sia

Tus zaj nyiaj muab nws lub tuab hau pw ntawm Nkauj Nos lub plab me-nyuam su es nov nkawd tus me-nyuam ua zog ces nws lub kua muag ntws si tsis tu
Tus zaj nyiaj seev tias, "Kuv tub, kuv yuav mus nyob ua zaj txij zaj laus kav ntiaj teb tus es mam ua kom yawm zaj laus lub pas dej txawj huv ces kuv yuav tseg koj niam nrog koj nyob es thov koj hlub
Kuv mam tseg kuv lub hnab kub kom neb ob niam tub peev nyiaj txiag siv tsis tu"

Tus zaj nyiaj muab nws lub tuab hau pw ntawm Nkauj Nos lub plab uas tus me-nyuam xiab es thawj zaug nws tau nov nkawd tus me-nyuam lub plawv dhia ua rau nws tu-tu siab
Tus zaj nyaj seev tias, "Kuv tub, kuv yuav mus nyob ua zaj txij zaj laus kav ntiaj teb tiaj es mam ua kom yawm zaj

laus lub pas dej txawj ntshiab ces kuv yuav tseg koj niam nrog koj nyob es thov koj hlub nws mus kom tag tiam Kuv mam tseg kuv lub hnab nyiaj cia kom neb ob niam tub peev nyiaj txiag siv tsis tu mus tas ib txhiab"

Tshooj 18

Tus zaj nyiaj tshuab kiag ib pas ntxiv rau ntawm Nkauj Nos sab plhu ces nws mam hloov cev ua txiv tooj tes tub ntaus ntses es nkag mus nrog Nkauj Nos nyob ua ke hauv Nkauj Nos tus dab ntub

Tus zaj nyiaj tshuab kiag ib pas ntxiv rau ntawm Nkauj Nos daim tawv di ncauj liab ces nws mam hloov cev ua txiv tooj tes tub ntaus ntses es nkag mus puag Nkauj Nos hauv Nkauj Nos tus npau suav ib zaug kom zoo nws lub siab

Nkauj Nos tau nrog txiv tooj tes tub ntaus ntses caij lub nkoj xyoob ntev es tsa qhov muag saib ntsoov tim txoj kev taug mus tsev, nim yuav ntxee mus lawm ob peb lub toj roob hauv pes deb li deb

Nkauj Nos sawv nrog txiv tooj tes tub ntaus ntses saum lub nkoj xyoob ntsuab es tsa qhov muag saib ntsoov tim txoj kev taug mus tsev nim mus nyuaj, mus ob peb ntxees toj roob hauv pes deb ua luaj

Nkauj zaj ntsuab chim siab heev thaum nws pom nkawd tuav tes ces nws cia li nthe ua dej ntas nto mus ntub tas

Nkauj Nos tus taw tiab thiab taw sev
Txiv tooj tes tub ntaus ntses plhis kiag cev ua tus zaj nyiaj sawv mus thaiv kom dej txhob txaws tuaj ntub Nkauj Nos lub cev los dej txaws tuaj tsis tseg
Tus zaj nyiaj puag hlo Nkauj Nos ya ces Nkauj Nos mam li tsim dheev los saib ua cas zoo li toj roob hauv pes nim yuav nyob qis-qis ne

Nkauj zaj ntsuab chim siab yuav tuag thaum nws pom nkawd sawv sib puag ces nws nthe ib suab ua rau dej ntas nto siab yuav txij Nkauj Nos lub duav
Txiv tooj tes tub ntaus ntses plhis kiag cev ua tus zaj nyiaj sawv mus thaiv kom dej txhob txaws tuaj ntub Nkauj Nos lub plab me-nyuam tabsis dej txaws tas los txaws tuaj
Tus zaj nyiaj puag hlo Nkauj Nos ya ces Nkauj Nos mam li tsim dheev huv nws zaj npau suav es rua qhov muag saib na ua cas nws yuav ya saum cov huab

Nkauj Nos khawm nkaus khov-khov tus zaj nyiaj lub caj dab ntev ces tus zaj nyiaj khawm ceev zog Nkauj Nos lub cev
Nkauj Nos cia li qi hlo qhov muag thov ntuj thiab teb kuam zaj txij zaj laus txhob muab nws tso tseg saum ib nta ntuj poob mus tsoo pob zeb
Nkauj Nos txawm hais rau ntawm tus zaj nyiaj lub pob

ntseg tias, "yog koj yog kuv tus txiv tooj tes tub ntaus ntses ces muab kuv tso nqis tim ntug dej es koj mam li mus txiav xyoob los txua ib lub nkoj tshiab rau kuv ce"

Nkauj Nos khawm nkaus tus zaj nyiaj lub caj dab ruaj-ruaj es muab nws lub taub hau pw npuab tus zaj nyiaj cov nplai kub kuam cua txhob tshawj heev-heev ntawm nws lub ntsej muag

Nkauj Nos cia li qi hlo qhov muag thov ntuj thiab teb kom zaj txij zaj laus txhob muab nws cuam saum ib ntaa ntuj poob mus tsoo pob tsuas

Nkauj Nos txawm hais ze ntawm tus zaj nyiaj lub pob ntseg quaj-quaj tias, "yog koj yog kuv tus txiv tooj tes tub ntaus ntses tiag-tiag no ces muab kuv tso nqis rau ntawm hav xyoob ntsuab es koj mam li mus txiav xyoob los txua ib lub nkoj tshiab rau kuv nkuam"

Tshooj 19

Txiv tooj tes tub ntaus ntses txua nkoj tiav tas es hais kom Nkauj Nos ce lub nkoj ntab los Nkauj Nos tsis xav ce lub nkoj ntab
Nkauj Nos tuav rawv txiv tooj tes tub ntaus ntses txhais npab es thov los txiv tooj tes tub ntaus ntses yuav tsis nrog nws rov qab

Txiv tooj tes tub ntaus ntses txua nkoj tiav log es hais kom Nkauj Nos ce nkoj los Nkauj Nos tsis xav ce nkoj
Nkauj Nos tuav rawv txiv tooj tes tub ntaus ntses lub tsho thov los txiv tooj tes tub ntaus ntses yuav tsis nrog nws rov

Nkauj Nos tu siab tshaj tias, "Kuv txiv tooj tes tub ntaus ntses aw, wb kev txij nkawm txawm yuav xaus li no lawm xwb ntag
Kuv nco koj ua luaj li no ces nrog kuv nyob ib tsam es ua kuv luag nkuam nkoj mus kom dhau lub hav zoov nuj txeeg ntsuab xib xiab ntawm nov mus rau nrav
Kuv yuav tham kuv txoj kev nco rau koj mloog kom tas seb koj lub siab puas yuav fav es xav nrog kuv rov qab los koj yuav mus cuag koj tus niam nkauj zaj"

Nkauj Nos hais tu siab nrho tias, "Kuv txiv tooj tes tub ntaus ntses aw, wb kev txij nkawm txawm yuav xaus li no lawm xwb lov
Kuv nco koj ua luaj li no ces nrog kuv nyob ib hmos es ua kuv luag nkuam nkoj mus kom txog tom Hmoob zos
Kuv yuav tham kuv txoj kev nco rau koj mloog kom tas tso seb koj puas nco kuv ib yam li kuv nco koj thiab os
Yog koj lub siab tsis xav rov qab mus nrog kuv nyob ces koj mam mus cuag koj tus niam nkauj zaj tom qab os mog"

Txiv tooj tes tub ntaus ntses nqus zog Nkauj Nos mus hnia ib pas tias, "Koj yog tus kuv hlub tshaj"
Nkauj zaj ntsuab tseem raug kaw hauv nws chav tabsis nws pom txhua yam ces nws xav muab nkawd nqus kiag ntshav
Nkauj zaj ntsuab cia li tsoo lub qhov rooj ua rau tus pas nyiaj liaj sab nraum dam ces nws txawm nyiag kev tawm hauv nws lub chav mus caum nkawd qab

Txiv tooj tes tub ntaus ntses nqus zog Nkauj Nos mus puag hauv nws lub xub ntiag tias, "Yog kuv ua tau li kuv lub siab nyiam ces yeej tsis muaj hnub uas kuv yuav hloov siab ntawm koj mus ib zaug li os koj niam"
Nkauj zaj ntsuab raug kaw lawm tiag tabsis nws nov tas txhua yam txiv tooj tes tub ntaus ntses hais ces nws xav

muab nkawd hlais ciaj
Nkauj zaj ntsuab cia li tsoo lub qhov rooj ua rau tus pas nyiaj liaj sab nraum lov kiag ces nws txawm nyiag kev tawm hauv lub pas zaj mus caum nrhiav

Txiv tooj tes tub ntaus ntses nkuam nkoj coj Nkauj Nos mus yuav txog lub zos muaj Hmoob nyob
Txiv tooj tes tub ntaus ntses txawm cia li nov kub lug ntawm nws lub caj dab tes cuag li hluav taws kov ces nws paub tias yog nkauj zaj ntsuab cov khawv koob tom

Txiv tooj tes tub ntaus ntses nkuam nkoj coj Nkauj Nos mus yuav txog lub zos uas muaj Hmoob nyob txhua
Txiv tooj tes tub ntaus ntses txawm cia li nov kub lug ntawm nws lub caj dab tes cuag li muab hluav taws npuab ces nws paub tias yog nkauj zaj ntsuab cov khawv koob tabtom yuam kom nws hloov cev ua zaj dua

Txiv tooj tes tub ntaus ntses nim seev tias, "Ntuj os Nkauj Nos, koj txiv tooj tes tub ntaus ntses ces twb mus coj tau zaj lub kauj toog ploj es ntshe yuav tsis muaj hnub uas kuv yuav tau rov qab mus nrog koj nyob
Kuv twb xa koj los dhau tus dej muaj zog ces koj mam mus thov pw ib hmos hauv yim Hmoob uas muaj lub tsev loj es luag thiaj li yuav muaj chaw rau koj so

Tag kis kaj ntug, hnov Hmoob tus lauv qaib ntxuaj tis nchos ces koj mam li rov qab mus nyob wb lub tsev nqeeb thaum ub kuv vov es koj hlub-hlub wb tus me tub mog"

Txiv tooj tes tub ntaus ntses nim seev tias, "Ntuj os Nkauj Nos, koj txiv tooj tes tub ntaus ntses ces twb mus coj tau zaj lub kauj toog tuag es ntshe tas tiam neej no kuv yuav tsis pom wb tus me-nyuam lub ntsej muag
Kuv twb xa koj lug dhau lub haav zoov nuj txeeg ntsuab qas xiab ces koj txhob ntshai thiab txhob quaj
Koj mam mus thov pw ib hmos hauv yim Hmoob uas tsis muaj ntau tus me-nyuam es luag thiaj li yuav muaj lub chaw txais tos qhua
Tag kis kaj ntug, hnov Hmoob tus lauv qaib qua ces koj mam li rov qab mus nyob wb lub tsev vov qeeb thaum ub kuv txua es koj hlub-hlub wb tus me-nyuam, txhob tseg nws nyob ua ntsuag"

Nkauj Nos xav los chim siab ces nws ob txhais tes siv-siv zog nqus ua rau lub kauj toog zaj kub haj yam zawm ntom nti es zawm tau Nkauj Nos cov ntiv tes ob peb tug
Txiv tooj tes tub ntaus ntses tshem hlo Nkauj Nos txhais tes mus tias, "Tsuas yog zaj xwb thiaj li rhuav tshem tau lub kauj toog kub ntawm kuv"

Nkauj Nos xav los chim siab ces nws ob txhais tes siv-siv zog nqus ua rau lub kauj toog zaj kub haj yam zawm ruaj es muab Nkauj Nos ob peb tug ntiv tes zuaj
Txiv tooj tes tub ntaus ntses tshem hlo Nkauj Nos txhais tes mus tias, "Tsuas yog zaj xwb thiaj li yuav rhuav tshem tau lub kauj toog npab ntawm nov es koj txawm yuav nqus npaum li cas los nws yuav tsis rua"

Txiv tooj tes tub ntaus ntses so cov kua muag ntawm Nkauj Nos ob sab plhu tias, "Nco ntsoov nawb tus neeg kuv hlub, thaum lub caij ntuj nag tu, kuv yuav nrog yawm zaj laus lawd ya tawm tuaj ncig saum ntuj ces koj thiab me tub tsa taub hau saib es neb thiaj li yuav pom kuv"
Nim tu-tu nkawd lub siab vim nyias yuav tau mus nyob nyias ib lub ntuj

Txiv tooj tes tub ntaus ntses so Nkauj Nos cov kua muag tias, "Nco ntsoov nawb tus neeg kuv tshua, thaum lub caij ntuj nag tu, kuv yuav nrog yawm zaj laus lawd ya tawm tuaj ncig saum cov huab ces koj thiab me tub tsa taub hau saib es neb thiaj li yuav pom kuv ib muag"
Nim mob nkawd lub siab lwj ntsuav vim nyias yuav tau mus nyob nyias ib lub ntuj kho siab khuav

Nkauj Nos lub siab tsis ris, nws ob txhais tes siv-siv zog

nqus ib zaug ntxiv na lub kauj toog zaj kub coj ntawm txiv tooj tes tub ntaus ntses txhais tes xis cia li xoob me ntsis

Nkauj Nos lub siab tsis tuag, nws ob txhais tes siv-siv zog nqus ib zaug dua na lub kauj tooj zaj kub cia li pib rua ntawm qhov chaw lub taub hau thiab tus ko twv zaj los sib txuas

Tshooj 20

Nkauj zaj ntsuab yeej pom nyob hauv Nkauj Nos lub nruab nrog yog nraug zaj daj tus plig
Nws yog tus plig zaj uas yuav muaj peev xwm ua tau rau lub kauj toog kub yaj ntshis vim yawm zaj laus kuj yog nraug zaj daj leej txiv
Nkauj zaj ntsuab ntxuaj kiag tw thiab ntxuaj kiag tis ua luam dej mus ti ces txiv tooj tes tub ntaus ntses plhis cev kiag ua zaj es coj hlo Nkauj Nos nrog nws ya plaws tsiv ua ntej nkauj zaj ntsuab yuav muab nkawd lub nkoj xyoob ntaus kiv

Nkauj zaj ntsuab yeej pom nyob hauv Nkauj Nos lub nruab nrog yog nraug zaj daj tus ntsuj duab
Nws yog tus ntsuj zaj uas yuav muaj peev xwm ua tau rau lub kauj toog zaj kub puam tsuaj vim nraug zaj daj kuj yog yawm zaj laus ib tug me-nyuam
Nkauj zaj ntsuab nthuav kiag tis thiab nthuav kiag tw ntxuaj es ua luam dej mus ntaus nkawd lub nkoj xyoob nov tawg nkig nkuav
Txiv tooj tes tub ntaus ntses plhis kag cev ua zaj es puag hlo Nkauj Nos nrog nws ya plaws tsiv ua ntej nkauj zaj ntsuab yuav tshwm taub hau hauv hav dej tuaj

Yawm xob nroo ntws yuav muab nkauj zaj ntsuab tua los nws tseem nthe kom lub ntuj tsis txhob cuam tshuam
Yawm xob cia li ntsiab nkaus nws ib rab xob taus tooj coj mus hov kuam hniav xob taus tooj zuag es ua xob laim txias cuag nplaim taws hlawv saum cov huab
Yawm xob tias, "Koj cia li rov qab mus tamsim no ua ntej kuv rab xob taus tooj yuav ya tuaj txiav koj tu duav
Yog koj dhuav txoj kev ua zaj lawm ces cia kuv mam li xa koj mus yug ua tib neeg es koj thiaj li yuav paub txog Nkauj Nos txoj kev quaj ntsuag"

Yawm xob nroo ntws kom nkauj zaj ntsuab cia li tsum los nws tseem nthe twm lub ntuj
Yawm xob cia li ntsiab nkaus nws ib rab xob taus tooj coj mus hov ua rau hniav xob taus tooj ci liab daj rhuv cuag li muab hlawv hauv lub qhov cub es ua xob laim txias cuag li nplaim taws hlawv saum cov huab dub
Yawm xob tas, "Koj cia li rov qab mus ua ntej kuv rab xob taus tooj yuav ua rau koj txoj sia tu
Yog koj ntxub txoj kev ua zaj ces cia kuv mam li xa koj mus yug ua tib neeg es koj thiaj li yuav paub txog Nkauj Nos txoj kev hlub"

Tshooj 21

Pom Hmoob lub zos muaj kaum tawm lub tsev ces tus zaj nyiaj txawm coj Nkauj Nos mus tso nqis hauv txoj kev
Tus zaj nyiaj txawm hais tu siab nrho tias, "Nkauj Nos, koj txiv tooj tes tub ntaus ntses ces twb plhis cev es twb mus ua tas yawm zaj laus tus vauv peb
Ntshe koj txiv tooj tes tub ntaus ntses yuav rov tsis nyog nrog koj mus tsev es yog koj tsis hlub los tseg, yog koj hlub ces koj nco ntsoov mus tso koj txiv tooj tes tub ntaus ntses lub kauj lev"

Pom Hmoob lub zos xov ob peb lub vaj ces tus zaj nyiaj txawm coj Nkauj Nos mus tso nqis hauv txoj kab
Tus zaj nyiaj txawm hais tu siab nrho tias, "Nkauj Nos, koj txiv tooj tes tub ntaus ntses ces twb plhis ua zaj es twb mus ua tas yawm zaj laus tus vauv nrab
Ntshe koj txiv tooj tes tub ntaus ntses yuav rov tsis nyog nrog koj rov qab es yog koj tsis hlub los tseg, yog koj hlub ces koj nco ntsoov mus tso koj txiv tooj tes tub ntaus ntses lub kauj vab"

Nov yawm xob tua ua rau toj roob hauv pes ntxhe ces tus zaj nyiaj cia li ya plaws mus saum ntuj es ploj mus lawm zuj-zus luaj lub xuab zeb ua rau Nkauj Nos lub siab mob hlais rhe

Nkauj Nos saib es dhia lawv nce toj nqis taug los Nkauj Nos twb lawv tsis pom tus zaj nyiaj lub cev

Nov yawm xob tua ua rau toj roob hauv pes txav ces tus zaj nyiaj cia li ya plaws mus saum ntuj es ploj lawm zuj-zus luaj lub ntsiab av ua rau Nkauj Nos lub siab mob tsheej zag

Nkauj Nos saib es dhia lawv nce toj nqis taug los Nkauj Nos twb lawv tsis tau tus zaj nyiaj qab

Tshooj 22

Nkauj zaj ntsuab tsis mloog yawm xob hais es sawv tawm tsam ces yawm xob cia li tso nag xob nag cua mus ntaus thiab mus ntsawj ua rau nkauj zaj ntsuab tsis muaj zog ya los nws tseem nrog yawm xob sib cav
Nkauj zaj ntsuab tias, "Koj txiav txim tsis ncaj vim tus poj niam tov xub-xub tuaj tsuj zaj lub pas ua rau peb cov ntses nuj ntses nag khiav tawm tas thiab nws tseem tuaj nyiag tau ib tug ntsuj plig zaj mas koj yuav tsum rau txim rau nws kom nyhav"

Nkauj zaj ntsuab tsis mloog yawm xob hais es ya plaws tsiv mus ceev-ceev ces yawm xob cia li tso nag xob nag cua mus ntaus thiab mus ntsawj ua rau nkauj zaj ntsuab ya qeeb los nws tseem nrog yawm xob sib cav qees
Nkauj zaj ntsuab tias, "Koj txiav txim tsis ncaj ncees vim tus poj niam tov xub-xub tuaj tsim teebmeem ua rau peb cov ntses nuj ntses nag ceeb thiab nws tseem tuaj nyiag tau ib tug ntsuj plig zaj rau nws tus kheej mas koj yuav tsum rau txim rau nws kom nyhav heev"

Yawm xob teb tias, "Koj yog tus txhaum vim koj tsis muaj cai coj tib neeg los nrog zaj koom ib lub ntuj
Koj txawm yuav siv lub kauj toog zaj kub muab txiv tooj

tes tub ntaus ntses lub cev hloov ua tau tus zaj nyiaj los nws tsis yog zaj yug
Txiv tooj tes tub ntaus ntses tseem niaj hnub seev kom Nkauj Nos tuaj tso nws tawm hauv koj lub tsev mus es Nkauj Nos thiaj li tau tuaj raws li nws hu
Koj twb paub tias nraug zaj daj kuj yog nraug zaj liab tus ntxaib thaum ub es yawm zaj laus nim seev txog txhua-txhua hnub, nws thiaj li ua siab ua ntsws kom Nkauj Nos tuaj vim nws nco nws tus tub

Yawm xob teb tias, "Koj yog tus ua tsis yog vim koj tsis muaj cai coj tib neeg los nrog koj nyob
Koj txawm yuav siv lub kauj toog zaj kub muab zaj nyiaj tus ntsuj mus ntsaws tau rau hauv txiv tooj tes tub ntaus ntses lub nruab nrog los nws tsis yog zaj ib co
Txiv tooj tes tub ntaus ntses tseem niaj hmo seev kom Nkauj Nos tuaj tso nws tawm hauv koj lub tsev uas muaj tub hmab tub qhev zov txhua nrho es Nkauj Nos thiaj li tau tuaj raws li nws thov
Koj twb nov tias nraug zaj daj yog nraug zaj liab tus ntxaib yav tas los es yawm zaj laus nov qab tsis tau nws tus tub hlo, nws thiaj li ua siab ua ntsws kom Nkauj Nos tuaj raws le nws txoj kev nco"

Nkauj zaj ntsuab quaj hu kom yawm xob ua nag xob nag

cua tu los nag xob nag cua haj yam ntaus thiab ntsawj ua vij ua voog hlob tshaj qhov qub
Yawm xob saib tus zaj nyiaj ya los ze zuj zus ces nws tsa hlo nws rab xob taus tooj ua rau nkauj zaj ntsuab lub siab kub
Nkauj zaj ntsuab ya mus thaiv nkaus tsis pub ces yawm xob ceebtoom tias, "Hnub no koj tau rhuav tshem koj txiv thiab kuv cov lus
Koj nim xav nrog txiv tooj tes tub ntaus ntses nyob koom ib lub ntuj ces cia kuv mam li muab neb xa mus nyob ua ke lawm huv ntiaj teb ua me-nyuam khub"

Nkauj zaj ntsuab quaj thov kom yawm xob ua nag xob nag cua ntaug zog los nag xob nag cua haj yam ntaus thiab ntsawj ua vij ua voog nrov
Yawm xob tos tus zaj nyiaj ya los ze zog ces nws tsa hlo nws rab xob taus tooj tsom ua rau nkauj zaj ntsuab lub siab mob
Nkauj zaj ntsuab ya mus thaiv hlo ces yawm xob ceebtoom tias, "Hnub no koj tau rhuav tshem koj txiv thiab kuv wb cov lus cog
Koj nim xav mus nrog txiv tooj tes tub ntaus ntses nyob koom ib lub ntuj heev li lov tes cia kuv sim muab neb xa mus nyob ua ke lawm hauv ntiaj teb ua me-nyuam ntxaib sob"

Tshooj 23

Nov xob nroo heev tshaj puag ta ces yawm zaj laus thiab nws cov tub mab haj yam ua luam dej tuaj maj li maj es yuav tuaj muab nkauj zaj ntsuab cab rov qab

Nov xob nroo tsis tseg ces yawm zaj laus thiab nws cov tub mab tub qhev ua luam dej ceev li ceev tuaj lawm tsis nres es yuav tuaj muab nkauj zaj ntsuab ntes coj mus tsev

Tus zaj nyiaj cia li mus khawm nkaus coj nkauj zaj ntsuab nrog nws ya
Nkawd ya mus nkag plaws rau hauv tus dej ntws hauv hav ces yawm xob laim kiag nws rab xob taus tooj ya lawv qab mus tua raug nkawd poob mus ntaus ncaj yawm zaj laus ob tug tub mab
Ci nplas hauv hav dej li ib ntsais muag ces yawm zaj laus lawd saib tus zaj nyiaj lub kauj toog npab twb lov ntho hauv nruab nrab

Tus zaj nyiaj cia li khawm nkaus coj nkauj zaj ntsuab nrog nws ya mus ua ke
Nkawd ya mus nkag plaws huv hav dej ces yawm xob laim kiag nws rab xob taus tooj ntse-ntse ya lawv qab mus tua raug nkawd lub cev poob mus ncaj ntawm yawm zaj laus

hauv ntej
Ci nplas hauv hav dej li ib ntsais muag ces yawm zaj laus lawd saib tus zaj nyiaj lub kauj toog npab twb hle

Cov tub mab tub qhev txawm sib pab kwv nkauj zaj ntsuab lub cev rov qab es tseg tus zaj nyiaj lub cev tog mus lwj xyaw av los nws nim yog yawm zaj laus tus vauv nrab
Mob yawm zaj laus lub siab tshaj ces nws txawm kwv tus zaj nyiaj lub cev coj mus faus kom muaj ntxa
Yawm zaj laus seev tias, "Txij hnub no mus ces kuv tus ntxhais yuav tau nrog koj mus nyob ua ke lawm hauv ntiaj teb es koj tsis txhob cia nws ntshaw noj ntshaw hnav"

Cov tub mab tub qhev cia li coj nkauj zaj ntsuab lub cev rov qab mus tsev es tseg tus zaj nyiaj lub cev tog mus lwj xyaw xuab zeb los nws nim yog yawm zaj laus tus vauv peb
Mob mob yawm zaj laus lub siab ces nws txawm kwv tus zaj nyiaj lub cev coj mus faus ib sab ntawm tus dej
Yawm zaj laus seev tias, "Txij hnub no mus ces kuv tus ntxhais yuav tau nrog koj mus nyob ua ke lawm hauv ntiaj teb es koj tsis txhob cia nws txom nyem"

Tshooj 24

Thaum xob tua lov ntho lub kauj toog zaj kub, tus zaj nyiaj nyob tsis tau ntxiv hauv txiv tooj tes tub ntaus ntses lub cev ntaj ntsug
Tus zaj nyiaj thiaj li tau tso txiv tooj tes tub ntaus ntses lub cev ntab mus rau tus dej muaj zog muab tshoob mus rau nram ub
Txiv tooj tes tub ntaus ntses nqus tus pa hlob los nqos tau dej nrog ua ke mus
Nws ua luam dej peem tiag nrog niam dej loj sib do mus ze zus txog qhov chaw uas muaj tib neeg taabtom los so tim ntug
Ob tug kwv tij Hmoob txawm sib pab nqus tau nws tawm los es saib nws sab nruab qaum raug hlais tob ces nkawd cia li sib pab coj nws mus ntxiv xov kom ntshav tu

Thaum yawm xob tua lub kauj toog zaj kub lov ntho, tus zaj nyiaj nyob tsis tau ntxiv hauv txiv tooj tes tub ntaus ntses lub nruab nrog
Tus zaj nyiaj thiaj li tau tso txiv tooj tes tub ntaus ntses lub cev ntab mus rau tus dej muaj zog muab tshoob mus rau nram Hmoob zos
Txiv tooj tes tub ntaus ntses nqus tus pa yau zog los tseem hau tau dej nqos

Nws ua luam dej peem tiag nrog niam dej loj sib do mus ze zog txog tim ntug uas muaj tib neeg nyob

Ob tug kwv tij Hmoob txawm sib pab nqus tau nws tawm los tib tug tsis muaj zog hlo

Nkawd txheem nkaus hauv qab txiv tooj tes tub ntaus ntses ob lub qhov tsos kom nws txhob ntog es saib nws sab nruab qaum raug hlais mob ces nkawd cia li sib pab coj nws mus ntxiv qhov nqaij to

Tshooj 25

Yawm zaj laus chim-chim es sawv mus fim yawm xob ib zaug ntxiv tias, "Koj muaj hwj chim los saib ntuj thiab teb tabsis koj tsis paub txog txoj kev zam txim
Koj tso kuv los kav thiaj teb los txoj cai koj yog tus tsim ces txij hnub no mus, koj yuav tsum npog sawv daws cov qhov muag kom lawd txhob pom peb thiab peb txhob pom lawd ntxiv
Txawm lawd yuav tuaj ncaj ntawm peb lub pas zaj los thov kom tib neeg thiab zaj txhob sib ntsib"
Ntawd yog zaum kawg yawm zaj laus thiab yawm xob sawv tuaj sib fim

Yawm zaj laus chim siab tshuav tuag es sawv mus fim yawm xob ib zaug dua tias, "Koj muaj hwj chim los saib xyuas ntuj thiab teb tabsis koj tsis hlub zaj cov me-nyuam
Koj tso kuv los kav thiaj teb los txoj cai koj yog tus suam ces txij hnub no mus, koj yuav tsum ua kom lawd txhob pom peb thiab peb txhob pom lawd es npog sawv daws cov qhov muag
Txawm lawd yuav tuaj ncaj ntawm peb lub pas zaj los thov kom tib neeg thiab zaj txhob sib cuag"
Ntawd yog zaum kawg yawm zaj laus thiab yawm xob sawv tuaj sib fim tim ntsej tim muag

Tshooj 26

Thaum Nkauj Nos dhia mus txog, yawm zaj laus twb sawv ntawd tos nws los tiamsis yawm xob ua kuam Nkauj Nos tsis txhob pom

Yawm zaj laus saib nkauj zaj ntsuab tus ntsuj twb mus nyob hauv Nkauj Nos tus me-nyuam lub nruab nrog

Tu-tu yawm zaj laus siab, yawm zaj laus txawm yuav nco nws tus ntxhais npaum li cas los nws mam li tsis seev txog

Nkauj Nos dhia mus txog lig, yawm zaj laus twb sawv ntawd ncig tos nws los sib fim tiamsis yawm xob ua kom Nkauj Nos tsis txhob ntsib

Yawm zaj laus saib Nkauj Nos twb xeeb tub tau rau lub hlis es nyob hauv tus me-nyuam lub cev yog nkauj zaj ntsuab tus plig

Chim-chim yawm zaj laus siab, yawm zaj laus txawm yuav nco nws tus ntxhais npaum li cas los nws mam li tsis seev txog mus tas ib sim es thiaj li yuav tsis txhaum lub ntuj ntxiv

Nkauj Nos txawm taug kev mus pom txiv tooj tes tub ntaus ntses lub hnab thiab kaj ntaub kub pav plaub hau nyob ua ke saum ib pawg av

Nkauj Nos quaj es muab txiv tooj tes tub ntaus ntses lub

ntxa phlw tas ces nws mam muab kaj ntaub kub tso rau hauv txiv tooj tes tub ntaus ntses lub hnab khuam nqa nrog nws rov qab

Nkauj Nos txawm taug kev mus pom txiv tooj tes tub ntaus ntses lub hnab khuam thiab kaj ntaub kub pav plaub hau nyob ua ke saum ib pawg av uas txhim tas pob zeb
Nkauj Nos quaj es siv ntiv tes muab txiv tooj tes tub ntaus ntses lub ntxa cheb ces nws mam muab kaj ntaub kub tso rau hauv txiv tooj tes tub ntaus ntses lub hnab khuam nqa nrog nws mus tsev

Thaum Nkauj Nos mus thov tau lub chaw so ces twb tsaus ntuj ntais
Nov Hmoob tus lauv qaib ntxuaj tis lis tho ces Hmoob twb sawv mus npaj tshais es nim yuav tam tau txiv tooj tes tub ntaus ntses thiab Nkauj Nos lub caij yuav rov qab sib ncaim

Thaum Nkauj Nos mus thov tau Hmoob lub chaw txais tos qhua ces twb tsaus ntuj ntais ntawm qhov muag
Nov Hmoob tus lauv qaib qua ces Hmoob twb sawv mus npaj kawm thiab npaj txuas es nim yuav tam tau txiv tooj tes tub ntaus ntses thiab Nkauj Nos lub caij yuav sib ncaim dua

Nkauj Nos khuam txiv tooj tes tub ntaus ntses lub hnab nyiaj sawv kev rov qab mus tsev lawm tiag-tiag es ntshe yuav tseg txiv tooj tes tub ntaus ntses nyob kaj-kaj siab nrog tus dej ntshiab raws li txiv tooj tes tub ntaus ntses lub siab ib txwm nyiam

Nkauj Nos quaj nciav es tig mus saib rov tom qab ib zaug ntxiv thiab los nws paub tias txiv tooj tes tub ntaus ntses twb tas txoj sia

"Koj tso kuv tseg lawm tiag ces zaum no kuv yuav tseg koj cia es nco ntsoov lwm tiam wb mam rov los sib nrhiav"

Nkauj Nos khuam txiv tooj tes tub ntaus ntses lub hnab nyiaj sawv kev rov qab mus tsev lawm zuj-zus

Ntshe yuav tseg txiv tooj tes tub ntaus ntses nyob kaj siab lug nrog tus dej huv raws li txiv tooj tes tub ntaus ntses lub siab ib tswm ntshaw txij li thaum nws tseem yog menyuam tub

Nkauj Nos tsis xav mus los nws paub tias tsis muaj hnub uas txiv tooj tes tub ntaus ntses yuav sawv tau rov qab los nrog nws nyob zoo li thaum ub

"Zaum no tus yuav mus yog kuv ces kuv mam cia koj pw tsaug zog es nco ntsoov lwm tiam wb mam rov los sib hlub"

Tshooj 27

Nkauj Nos rov qab mus txog tsev tsis muaj pes tsawg hnub ces txawm muaj ib tug Hmoob nqa tau ib tsab ntawv tuaj nrhiav txiv tooj tes tub ntaus ntses tus poj niam yav tav su Nkauj Nos muab daim ntawv qheb nyeem txhua lo ua rau nws rov muaj siab mus tu txiv tooj tes tub ntaus ntses nkawd cov tsiaj txhu

Txhua-txhua tag kis thaum lub hnub tawm tim npoo ntuj, Nkauj Nos nim saib ntsoov txoj kev es thov ntuj kom txiv tooj tes tub ntaus ntses tus mob tsuas zoo zuj-zus

Nkauj Nos rov qab mus txog tsev tsis muaj pes tsawg hmo ces txawm muaj ib tug Hmoob nqa tau ib tsab ntawv tuaj nrhiav txiv tooj tes tub ntaus ntses tus poj niam hauv zos Nkauj Nos muab qheb nyeem tas nrho ua rau nws rov muaj siab mus leg lub luag noj

Muaj ib hnub zoo los ib hnub ntxhov qas nyo, Nkauj Nos saib ntsoov lub qhov rooj txhua-txhua hmo es thov ntuj pov kom txiv tooj tes tub ntaus ntses tus mob zoo hlo

Nkauj Nos lub kua muag poob nthav thaum nws pom dheev txiv tooj tes tub ntaus ntses los txog tsev yav yuav tsaus ntuj

Txiv tooj tes tub ntaus ntses nug tias, “Kuv nco koj tshaj

plaws li os Nkauj Nos es koj puas nco kuv"

Nkauj Nos so kiag nws cov kua muag thaum txiv tooj tes tub ntaus ntses los khov thiab qheb lub qhov rooj npog
Nkauj Nos sawv tsees ntawm lub tsum mov mus puag hlo txiv tooj tes tub ntaus ntses tias, "Ua cas koj yuav mus ntev ua luaj li os? Kuv zoo siab heev uas koj rov qab los nrog wb ob niam tub nyob"

Txiv tooj tes tub ntaus ntses rov qab los nrog Nkauj Nos ua lub neej nyob sib-sib hlub
Nkawd khwv muaj nyiaj muaj kub los puv hub thiab tu tub tu kiv los pub tsev ua rau nkawd lub neej tshav-tshav ntuj

Txiv tooj tes tub ntaus ntses rov qab los nrog Nkauj Nos ua lub neej nyob sov siab so
Nkawd khwv muaj noj muaj haus los pub kwv tij neej-tsa txhua nrho thiab tu tub tu kiv los puv tsev ua rau nkawd lub neej zoo tsim nyog

Txiv Tooj Tes Tub Ntaus Ntses thiab Nkauj Nos zaj dab neeg tsuas los xaus li no lawm xwb. Thov ua tsaug rau ib tsoom niam txiv kwv tij neej ntsa phoojywg sawv daws uas nej tseem pab txhawb nqa kuv thiab nawb. Vam thiab cia siab tias nej tseem yuav pab txhawb nqa kuv mus lawm yav tom ntej.

Ua Tsaug,
Paaj Ntaub Thoj

Acknowledgement

Kuv thov hais ua tsaug rau kuv tsev neeg. Ua tsaug rau nej txoj kev hlub, kev pab, kev txhawj, thiab kev txhawb siab uas nej tau muab rau kuv txhua lub sij hawm.

Kuv kuj xav hais ua tsaug rau kuv tus viv ncaus Yeeb Thoj nrog rau tag nrho Yeeb cov niam hlob thiab niam ntxawm Hmoob Lis uas tau pab kuv muab phau ntawv txhais ua lus Hmoob dawb. Kuv zoo siab heev uas nej tseem siv nej lub sij hawm muaj nuj nqi los pab thiab txhawb kuv es thiaj li txhais tas phau ntawv ntawm nov. Txhais tau tsis yog los thov sawv daws zam ntxim thiab nawb. Thov ua sawv daws tsaug ntau ntau os.

Thov hais ua tsaug rau kuv ib tug aunty, Lis Xyooj, thiab vim nws tseem tau siv nws lub sij hawm los pab kuv txhais ib co lus nyob hauv phau ntawv nov thiab.

www.ingramcontent.com/pod-product-compliance
Lightning Source LLC
LaVergne TN
LVHW011713230826
846091LV00015BA/4144
* 9 7 8 1 9 7 2 4 1 5 0 1 6 *